U0500628

我喜 欢你
woxihuanni

绵羊 新西兰
唤醒童年　　014EX-LIBRIS

藏书票大约起源于公元1450年至1470年间。有资料记载的最早一张藏书票署名Lgler，是一张画有刺猬图案的版画，上书“谨防刺猬随时一吻”，寓意为“本书为我独有”，是一位名叫Johannes Knabensberg的德国人的藏品。

藏书票类似于中国人常用的藏书章，用于买书、收藏图书。藏书票上所印的EX-LIBRIS是拉丁文，意为“我的藏书”。

图书在版编目(CIP)数据

唤醒童年:金波谈儿童文学/金波著.--南京 :
江苏凤凰少年儿童出版社，2010.12
("我喜欢你"金波儿童文学精品系列)
ISBN 978-7-5346-5429-9

Ⅰ.①唤… Ⅱ.①金… Ⅲ.①儿童文学—文学评论—中国—当代—文集 Ⅳ.①I207.8-53

中国版本图书馆 CIP 数据核字(2010)第 235478 号

书　　名	"我喜欢你"金波儿童文学精品系列 唤醒童年——金波谈儿童文学
丛书策划	陈文瑛
著　　者	金　波
责任编辑	王彦为
封面绘画	朱成梁
黑白插画	陈泽新
装帧设计	陈泽新
出版发行	江苏凤凰少年儿童出版社
地　　址	南京市湖南路 1 号 A 楼，邮编：210009
印　　刷	南京新洲印刷有限公司
开　　本	880 毫米×1240 毫米　1/32
印　　张	7.75　　插页　8
版　　次	2010 年 12 月第 1 版 2018 年 7 月第 2 版 2022 年 11 月第 6 次印刷（总第 14 次印刷）
书　　号	ISBN　978-7-5346-5429-9
定　　价	28.00 元

我喜欢你
金波儿童文学精品系列

金波 著

唤醒童年

huan xing tong nian

——金波谈儿童文学

江苏凤凰少年儿童出版社

作者介绍：

金波，1935 年 7 月生于北京。儿童文学作家、诗人。

大学时代开始文学创作，出版有大量文学著作，如诗集《绿色的太阳》《我的雪人》《在我和你之间》《林中月夜》《带雨的花》《我们去看海——金波儿童十四行诗集》《其实没有风吹过》（台湾版）、《迷路的小孩》（台湾版）、《其实我是一条鱼》（台湾版）、《阳光没有声音》《推开窗子看见你》等；童话集《小树叶童话》《金海螺小屋》（台湾版）、《影子人》（台湾版）、《白城堡》《眼睛树》《花瓣儿鱼》《乌丢丢的奇遇》等；散文集《等待好朋友》《等你敲门》《感谢往事》《心往哪里飞》《寻找幸运花瓣儿》等；评论集《幼儿的启蒙文学——金波幼儿文学评论集》《能歌善舞的文字——金波儿童诗评论集》等；选集《金波儿童诗选》《金波作品精选》以及《金波诗词歌曲集》等。

有多篇诗歌、散文、童话、歌词等作品被选入语文、音乐教材，为广大中小学生及教师所熟知。有多部作品多次被国家新闻出版总署、教育部列入推荐书目。

作品曾多次荣获国家图书奖、中国出版政府奖、全国“五个一工程”奖、中国作家协会全国优秀儿童文学奖、宋庆龄儿童文学奖、冰心儿童图书奖、陈伯吹儿童文学奖等。1992 年获国际安徒生奖提名。

2004 年 6 月 1 日中央电视台“东方之子”栏目以《金波——永远的童年》为题，介绍其从事儿童文学创作的经历和业绩。

金波

金波老师是一位热爱大自然、热爱生命的诗人。在他的笔下，每一片树叶、每一棵树都充满鲜活的生命。在他作品的感召下，我也开始将树叶和绿色作为绘画、设计的元素。这些收集来的树叶即使枯萎了也不乏美感，因为它们属于大自然，不做作。

——朱成梁

xin nian kuai le
MOOMIN
Ca
САДОВОДА
И ОГОРОДНИКА
2011
Gemeinsam sind wir stark!

喜欢自己那个装满玩具和书的小屋，它会把我的心境带回童年的那个时代。我觉得做任何事情一定要把心静下来，这个小屋是我把心静下来最快的地方，我在这里完成了金波老师“我喜欢你”儿童文学精品系列图书设计的最初构想。

——陈泽新

内容提要：

这是著名儿童文学作家金波的文学评论集。

金波从事儿童文学创作数十年，精心创作了大量儿童文学精品佳作，他把每一次创作看成自己在心灵上所经历的一个美丽的梦境，同时，为了更好地创作，他也时时清醒地解析自己的这些梦。对于别人的作品，他并不满足于浅尝辄止和情感上的共鸣，而是用思想去阅读，进行深层次的发现和再创造，探寻作品的底蕴，并因此写作了数量不菲的理论文章。

金波有大量诗歌、散文、童话作品入选我国多种版本的教科书，本书有专辑分析这些入选教材的作品。

本书的其他篇章，是从金波的理论著作中精选的，皆与目前中小学语文教学相关。旨在对于提高中小学教师的儿童文学素养有所帮助。

解析自己的梦

金　波

我是从写诗开始走进儿童文学园地的。

在文学创作这一独特的精神状态中，理论批评常常被忽视。记得在我的一本诗集的后记中，我曾经这样写道："写诗的时候，忘记了那些关于诗的科学定义。"作为一种创作的感情体验，这无疑是对的。

文学创作与文学评论是两个不同的精神世界。如果说前者是对于感情历程的形象描绘，后者则是对于理性思维的科学阐述。

在我经历了一段创作实践以后，我惊喜地发现，这两个不同的精神世界忽然接壤。不知从什么时候开始，我慢慢学会用理性的目光审视自己的习作，也常常津津有味地品评别人的佳作。我不只陶醉于自己的文学幻想之中，而逐渐学会用批评的尺度衡量自己创作的短长。文学创作的才能与深刻的理论批评，这是一个文学作者腾飞的双翼，它使我们不断地超越自己。

我不因为自己以创作为主而忽视理论研究，相反，我认为一个清醒的作家应当重视批评。我常常这样想，如果把创作比喻成作者在心灵上所经历的一个美丽的梦境，那么，作者也应当清醒地学会解析这个梦。

同样，对于别人的作品，不能满足于浅尝辄止和情感上的共鸣，而是要用思想去阅读，探寻作品的底蕴。

我相信对于作品深刻而独到的理论批评是一种艰苦的精神劳动，是一种发现和再创造，有时，甚至超越了作品本身。

理论批评还帮助我自觉地掌握技巧。在文学创作中，技巧是重要的，它是作家成长和创作发展的基本力量。理论批评对于作者本人来说，是写作实践的总结。它的重要性是不言而喻的。

正是基于上述的体会，我从来重视理论批评。这虽然与我多年在大学任教有关，但也与我的切身体验有关。

也许由于我体验过一点写作评论的甘苦，我十分尊重从事理论研究的朋友；从他们那里，我得到过许多教益。

我注意到在我国儿童文学界，一直有一些资深的理论批评家在埋头工作；也有一些年轻的学者脱颖而出，他们以探索的精神，独到的见解，大大丰富活跃了这一科学领域。但也不必讳言，在当前，我国儿童文学界在理论研究方面还比较薄弱。我有幸以这样一本薄薄的小书加入这一行列。

我喜欢把儿童文学中的诗歌、童话、小说、故事、散文……比作可爱的小精灵。是孩子们美丽的心灵哺育了它们。我一直在追寻着这些小精灵，因而获得了快乐和幸福。

我愿意把我这本小书看作我追寻小精灵留下的足迹。

前面的路还很长，我们还会有更多的足迹留下来。

目录

第一辑　儿童文学漫谈

第二辑　儿童文学与语文教学

第三辑　我的儿童文学创作谈

第一辑

儿童文学漫谈

关于幻想文学的断想

一　幻想与幻想文学

人之为人是因为有幻想的心理和思维。作家在艺术构思中，由于种种原因，幻想的心理和思维表现得十分亢奋，舍弃写实手法而选择了一种独特的虚妄的手法时，就会产生幻想文学。因此，可以说，每一个作家都有幻想，但并非每一个作家都能创作出“幻想文学”。

“幻想文学”是在现实生活刺激了作家之后，造成其特殊心理状态，以及思维的特殊指向。这种心理状态是思维的质的飞跃，它不是按照思维的分析、综合、比较、抽象、概括等正常轨道进行，其过程也不再是概念、判断、推理，而是思维的创造性的腾飞——腾飞于作家所特有的艺术幻境之中。

因此，可以说幻想文学是作家的一种特殊的思维方式。虽然它也是“形象思维”，但它运动的方式更加活跃，更加跳荡，是像火焰般灼人的思维。

正是基于上述认识，当我们阅读幻想文学，如中国的《西游记》《镜花缘》《聊斋志异》以及外国的表现主义的某些作品和魔幻小说时，我们都会获得一种亦真亦幻的感觉。

幻想文学的产生既是文学的起源(原始神话)，又是文学从现实主义土地上的腾飞。它既显得幼稚，又显得成熟。它是现实主义不可替代的，它具有一种如原始艺术的不可重复性与不可替代的审美价值。

二　幻想文学与童话

在谈到童话的艺术特征时，我们常常强调两点：其一，儿童情趣。其二，幻想性。“幻想文学”是一个更为广泛的概念。它当然具备幻想性；如果是给幼儿、儿童、少年阅读的幻想文学，也应具备“儿童情趣”。

但是，由于幻想文学概念上的广泛性，它不只是供儿童阅读，它也不只强调“儿童情趣”，它有着更为丰厚、深刻的审美价值。

所以，在我看来，狭义的幻想文学(即专供少年儿童阅读的)，它淡化了童话的一些常用手法，如拟人、夸张、神化等，倒是与古代的志怪小说（如《搜神记》）、笔记小说（如《世说新语》）、唐宋传奇以及产生于明清之际的“幻想小说”（如前列举之《西游记》）等相近。它们是本国童话的催生剂。

而我们今天所倡导的“幻想文学”与上述古代的志怪小说等有着更近的亲缘关系。

我认为，幻想文学最为鲜明的特征之一，就是它的现实性和非现实的巧妙结合。它以现实生活为土壤。却生长出怪异的花朵，这花朵在现实生活中找不到；幻想文学作家关心现实，却不重复现实。作家强调的是他的主观性，作家的感受虽从现实生活中来，但却不愿意按着现实的面貌去写。现实世界在作家心灵中已被变形，变成了另一个现实，变成了生活中不存在的世界，是主观世界奇异的外化。在幻想文学中，不仅自然主义被抛弃，“现实主义”也不再完全适用，这里可以借用表现主义最有代表性的一个口号，即“不是现实，而是精神”（《卡夫卡的天堂》，见《外国文学》1980 年第 2 期）。因此是否可以说，幻想文学所表现的现实世界是作家心灵中的折光和变形，它所表现的对现实世界的认识更为深刻，更具哲理性，所采用的手法更多的是象征性的，它大大地扩大和丰富了文学的表现力。它对于童话影响是巨大的，现实与幻境的结合“真中求幻”是当今童话发展的趋势。随着童话创作的发展，童话已冲破原有的模式而与“幻想文学”接轨，大大丰富了童话的艺术表现力，促进了童话的发展。

三　幻想文学的“真与幻”

“幻想”一词，历来被看做是“心理学名词”，在解释这一名词时，指出“符合现实生活发展要求的幻想，能激发人瞻望未来，克服前进中的困难，反之，不切实际的幻想，会成为有害的空想”。这种纯理性的解释化作艺术形象时，我们必须尊重欣赏文学艺术的规律：多感受，少领悟。我们在阅读一本幻想小说时，首先是感受作品所描绘的环境、人物和事件，而不是去辨别这种幻想是能激发人瞻望未来，克服前进中的“困难”，还是“有害的空想”。

“现实”与“非现实”（即幻想中的情境、人物等）的对接与进入是以艺术的形式表现的。二者的融合，我认为主要是以写实的手法叙述虚妄的故事，真中有幻，亦真亦幻。这使我想起卡夫卡的《变形记》，由人变成的甲虫成为小说的主人公，既虚幻，又荒诞，但这正是现实主义无法取代的艺术效果。由于卡夫卡在思想的深处，认为人生活在这个世界上摆脱不掉的是灾难和孤独，从这种感受出发（这一感受来自现实生活），作者以他敏锐的艺术神经和独特的艺术手法创作出这篇独特的小说。

所以，我认为幻想小说是显示作家创作个性最鲜明的样式之一，它就像诗人一样，不但极其重视心灵的感受，也最擅长表现心灵的状态，所不同的是诗人多采取直抒胸臆的手法，而幻想小说的作者则将心灵的感受加以变形，怪诞地反映现实生活，以取得更强烈的艺术感染力。

我认为，当现实生活中的“真”，通过作家心灵“隧道”时，就变成了“幻”。在“真”与“幻”之间，作家的感受（情感、认识、思考）和所采取的艺术表现方式起到了不可低估的作用。

四　中国幻想文学的发展

随着童话创作手法的多样化，尤其是现实与幻境的结合，所谓“常人体”的童话，幻想文学与童话有时难以区别。

我们所提倡的“大幻想文学中国小说”是有别于各种风格的童话的，这个界定既是一个理论问题，更是一个实践问题。我们需要更多的小说作家和童话作家在创作上多做一些大胆的尝试。用作品去规范这一概念，用作品来丰富幻想文学的宝库。

社会的发展必然会引起文学创作方法的变化。幻想文学既要强调文学的“现代精神”“现代意识”，又要强调文学的创新，独辟蹊径地反映现实。

中国幻想文学的发展有赖于产生一批全新的作品，它既不同于童话又不同于写实的小说。它应当源于生活，却以非现实来反映生活，它是现实的折光，它是现实的象征，用超拔的想象，用怪诞的象征来深刻地、独特地反映现实生活。

我们要借鉴中国古老的神话、民间传说，甚至不排除巫术中奇幻荒诞的成分，其目的是激活作家的想象力，将幻想小说与古代的志怪小说杂糅在一起。

我们还要大胆借鉴西方的现代派手法，“洋为中用”。我们要看到这样一个事实，20 世纪随着科学技术的发展进步，艺术的表现手法也丰富了，如电影艺术中的声、光、叠影、幻觉、蒙太奇等手法的运用，现代派美术中的各种技法，还有科学技术的飞速发展，使人们对时间和空间的概念都有了新的认识。不能不说科技的新发展促进了文学艺术现代派的发展，如时空的颠倒，多线索的交错，人与幽灵的交往等等，只要运用得当，都可为我们的幻想文学所借鉴。

我想，有了这两个方面的借鉴，再加上我们对当代少年儿童心理特征、审美趣味的深入研究，对古代的，尤其是外来的文学艺术，采取“拿来主义”的态度，“去其皮毛，留其精髓”，这会有利于我国大幻想文学健康发展，有利于培养文学新人，促进我国儿童文学的整体繁荣。

（这是作者 1999 年 7 月在一次关于“幻想文学”的研讨会上的发言，原载《中国少儿出版》2000 年第4 期）

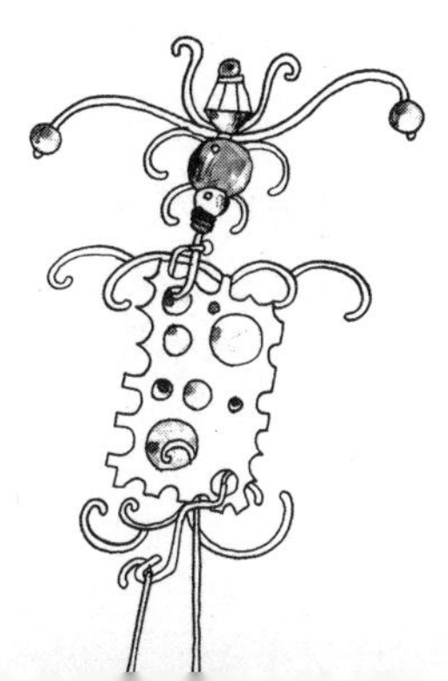

“大自然文学”随想

一　标举一面旗帜

2000 年 10 月中旬，赴安徽合肥参加该省儿童文学创作笔会。会上得知，以刘先平为首的作家们提出“大自然文学”的口号。此口号让我感到亲切、振奋。这一旗帜的标举，必将团结省内外作家，更加有意识有计划地创作“大自然文学”。

由此我联想到，文学流派的提出，不但是文学作品数量上的积累，也是创作繁荣，尤其是创作成熟的标志。这使我又想起先平倾二十多年的心血，创作“大自然探险系列”，论题材之丰厚，内容之新颖，思考之深邃，可谓开了当代，尤其是新时期“大自然文学”之先河。加之安徽省有丰富的自然景点、人文景观，有取之不尽、用之不竭的创作资源，人杰地灵，孕育着大自然文学。

二　简要的回顾

提起大自然文学，让我首先想起中国古代的山水诗和游记散文。它们作为大自然文学源流，可资借鉴之处不少。一部《诗经》，虽有不少描山画水的诗句，但多用来起兴，以引起下文。曹操的《观沧海》，可作为雏形期的山水诗来看。真正的山水诗，应当从晋代的谢灵运始，其他还有陶渊明、鲍照、谢朓等。至唐宋，山水诗逐渐成熟，涌现了一批名家名篇，如张若虚的《春江花月夜》，李白的《蜀道难》《早发白帝城》《望庐山瀑布》等。此后，如孟浩然、王维、高适、岑参等的山水诗，或简淡清幽，或雄奇开阔。此后，又有一批善写山水诗的高手，不一一列举。写山水的散文，虽然从《山海经》《论语》中可找到片段，但还不能说是独立的山水游记。即使到了汉代，虽然有了记叙山水的文字，但多为记载帝王登山祭典之陪衬，如东汉马第伯的《封禅仪记》，就记述了攀登泰山的历程，但还称不上是游记散文。经过历代演变，尤其是人与自然的关系，从山水作为对人的统治、教化的象征物，演变为休憩、审美的对象，这一观念的转变，造就了一大批游记散文作家，他们中间最突出的代表当属唐代柳宗元及其《永州八记》。此后，如宋代欧阳修、苏轼，明代的徐霞客等，都是创作游记的大家，尤其是《徐霞客游记》，是作者倾其一生，不畏艰险，锲而不舍的精神体现，也是科学考察与艺术散文相结合的巨著。

我以上所做的简单回顾，旨在说明，如果将古代山水诗和游记散文作为“大自然文学”来看，有两点值得我们深思：其一，人与自然的关系，这是一个观念的问题，也是一个不断丰富“大自然文学”内涵的问题。其二，随着科学技术的进步，人类对大自然的深刻认识，以及文化的不断发展，我们的“大自然文学”必将超越古人创作的狭小天地，而展现“大自然文学”创作的新繁荣。

三　对大自然的感悟与感受

记得青年时代阅读《论语·雍也》，孔子说：“智者乐水，仁者乐山；智者动，仁者静；智者乐，仁者寿。”从这几句话中，可以看出儒家是把山水与人的品格联系在一起来欣赏的，山和水的某些自然属性，被用来象征人的素养。智者之所以乐水，是因为水在不停地流动，不断地变幻。仁者之所以乐山，是因为山是岿然不动的，它稳重，安静，值得依赖。也正因此，乐水者，活跃，进取，富于活力，从而乐观。而乐山者，平静，宽容，仁厚，所以长寿。《论语·先进》有这样的描写：“暮春者，春服既成，冠者五六人，童子六七人，浴乎沂，风乎舞雩，咏而归。”

它生动地表现了孔子及其弟子春游的场面，从中也可看出他们的生活志趣。人在自然中获得快乐，人与自然融为一体。大自然对于人来说，不仅是“靠山吃山，靠水吃水”的生活来源，它还可以启迪心智，将自然与人的品格素养相照应，从而让人感悟精神世界与大自然的契合。当然，它更是人们审美怡情的场所。总之，从对大自然的感悟和感受来看，大自然的内涵是丰富的，有待于我们的开掘，而这正是大自然文学创作的重要任务。

四　读几位外国作家作品的启示

亨利·戴维·梭罗（美，1817～1862）的代表作是《瓦尔登湖》。作者于 1845 年，只身一人来到瓦尔登湖畔的山林里居住。那里无人居住，一切要白手起家。梭罗带了一把斧头，披荆斩棘，开荒建屋，开始了山林中孤独的生活，历时两年多，写出了很多观察与思考的笔记，并在此基础上出版了这本世界名著《瓦尔登湖》。作家把瓦尔登湖的山林看做是心灵的家园。居住在这里，他才得以享受大自然赐予他的清新的空气，明媚的阳光，潋滟的湖水。在那里，他可以“采集生命的美果”。对于梭罗来说，大自然是他生活的实验所，是他精神的栖身地。他追求的是一种简朴的、回归自然的独立生活。在那里他“远远地离了嚣闹和骚扰”。他把他生活的地方称作“终古常新的没有受到污染的宇宙的一部分”。正是在这里，他可孤独地思考。他从这简朴的大自然居所中，发现了人被物欲所驱使，变成了“工具的工具”，“除了做一架机器之外，他没时间做别的”。大自然实际已成为梭罗探索人生理想的最佳处所，是大自然造就了这位“孤独的智者”，在大自然中，“他是有目的地探索人生，批判人生，振奋人生，阐述人生的更高规律”（徐迟《〈瓦尔登湖〉译本序》）。

列那尔（法，1864～1910）的代表作之一是《自然纪事》。内容涉及自然界诸多飞禽走兽。作者把作家（也是他本人）称为“形象的捕捉者”。“他把眼睛当做网，去捕捉千千万万美丽的形象”。因此，他以新奇的视角写出了那些小小的动物。他的这些诗一样的散文，突出地抒发了他对这些大自然物种的爱。他的爱是细腻的，深入的，因此才能表现得如此独特，让人读了感到惊喜。

关于列那尔的艺术风格，可从他的《日记》中窥见一斑：“未来属于文笔简练、惜墨如金的作家。”“我明天的句子是：主语、动词和谓语。”“绝对不要写长句子。碰上长句子，人们与其说是在读，还不如说是在猜。”“我只喜欢写些富有艺术性的小东西。”“我希望不再看到超过十个字以上的描写。”等等，等等。

普里什文（苏联，1873～1954）是一位风格独特的作家。他的作品主要是描绘大自然千姿百态的生活，以及人在大自然中的思考与感悟。他写小说，写童话，更多的是写散文。主要成就也在散文方面。他把一生全部的爱都贡献给了大自然。高尔基在《论普里什文》一文中说："在我看来，您所写的不只是大自然，而是比自然更大的东西——是大地，是我们伟大的母亲。在您的作品中，我觉得您对大地的热爱和对大地的知识结合得十分和谐，这一点，我在任何一个俄国作家的作品中都还没有遇见过。"他的代表作之一《大自然的日历》，记述了大自然四季的变化和引发的思考。他曾说过他的作品"是在春天的口授下写的——后来几乎没有作任何加工，只根据自然界生活的运动力结集起来，这种运动力，在人的心灵中也引起了相应的运动"。我想，他听从大自然的"口授"，这证明了他对大自然敏锐的感觉，以及文思的敏捷；还有，这"相应的运动"，就是作家在大自然的启示下，进行着的思考。因而他总是把大自然与作家的生活，与艺术，与哲学，与人生融为一体。他曾经说过："我一辈子为了把诗放进散文而费尽心血。"普里什文的语言是朴素的，又是鲜活的，正如高尔基所说的："普里什文有一枝生花妙笔，善于将普普通通的词汇灵活地搭配起来进行描写，使一切几乎都具有触摸得到的可感性。"对于普里什文散文的丰富性，巴乌斯托夫斯基说："普里什文的散文有充分的根据可被称为俄罗斯语言的百草……"他创造了一种独特的散文形式，他的作品是可以当诗来读的。

东山魁夷(日本,1908～1997)是一位享誉世界的风景画家,也是一位散文作家。正是由于他从事绘画和文学创作,二者互相补充,互相渗透,所以他的散文极富色彩感,尤其表现大自然的内容,十分细腻、深情。他曾经说过:“在自然风景之中,我感知到作为天地根源的生命的跃动。”这也正是他的散文的特色。他面对风景,在旅行之中,曾发出这样的感叹:“旅行,对于我意味着什么?是将孤独的自己置于自然之中,以便求得精神的解放、净化和奋发吗?是为了寻觅自然变化中出现的生之明证吗?”他的散文,多谈旅行、观察自然,谈绘画艺术,他自己就这样说过:“我决心通过一幅一幅的作品,追寻一下我探求美的精神历程。”他的名篇《听泉》,在倾听泉水“丁丁冬冬”的响声中,感悟到“人人心中都有一股泉水”,“当我听到心灵深处的鸣泉,我就重新找到了前进的标志”。“心灵的泉水教导我:只有舍弃自我,才能看见真实”。他就是在面对大自然的风景时,不断地发现着生命的意义,并以这种感悟从事着风景画创作。

五　大自然与生死观

中国有句老话:“入土为安。”这句话从一个侧面道出了大自然对人的生死观的影响。人面对大自然美丽的景色时，常常会想到生死的问题。陶渊明有诗云：“死去何所道，托体同山阿。”这位“采菊东篱下，悠然见南山”的诗人，显然把死后融入大自然的泥土中，看作是一件极自然，甚至是值得欣慰的事。

俄国伟大的作家托尔斯泰也是一位热爱大自然的作家，他“只喜欢那些能唤醒他意识到他和自然浑然一体的自然景色”。在他的作品中，到处可见对于大自然的精彩描绘。大自然“好像是故事中的角色之一”。托尔斯泰说过：“我甚至仿佛从肉体上感到，好像美通过眼睛注入到我的心灵中了。”面对大自然的湖光山色，他又写道：“我立刻就想爱，我甚至感到对自己的爱，惋惜过去，希望将来，活着在我也是快乐，想长久地长久地活着，于是死的念头得到了幼稚的、富有诗意的恐怖。”大自然唤醒了他的爱，由于爱，又让他感受到了对于死的恐怖。他也承认这种恐怖是“幼稚的、富有诗意的”，这正好说明了大自然是如何地与他融为一体，变成了他生命的一部分，因而他感受到的是，生命的消失，即大自然美的消失。他似乎与那个“托体同山阿”不同。

外国的另一位诗人雪莱，虽然也是深爱着大自然，但他却没有对于死亡的恐怖感。对济慈的死，他认为“他与自然合而为一了”。另一位哲学家费尔巴哈曾写下这样的诗句：“不要怕死，你将永远住在自己的故乡，这块熟识的土地，将爱抚地拥抱住你。”我想，这种把死看作是人与自然的最后融合，同样的是出于对大自然至深的爱。

面对同样的大自然，却有截然不同的生死观，相反相成，表达的是同一的感情。

面对大自然，我们都在不由自主地袒露着自己的内心世界。

诗意·情调·语言

目前,创作的多元化,给我们提供了一个宽松的创作环境,但不是让我们去模仿某一个"样板"。多元化还给我们展示了一个比较的平台,让你从比较中去鉴别。鉴别就是思考。从思考中确立自己的个性化写作,而不是跟风。跟风是淡化、消减个性的写作。

目前的创作,不乏跟风的作品,缺的是有个性的作品。关于有艺术个性的作品,我思考了几个问题,和大家交流一下,谨供参考。

诗　意

诗意是最具个性化的文学样式,一个人的文学素养,也常常在诗的趣味上表现出来。我认为儿童文学应当是与诗的气质最为接近的。经典的儿童文学固然有一个有趣的情节，但感人的还有诗意。情节可以慢慢被淡忘，但诗意的感受是会永远铭记在心中的。我们读《去年的树》，短短的几百字，却让我们为对友情的忠贞不渝永远感动。

“诗的气质”是启人思考的底蕴，是感动读者的力量，也是令人回味的艺术品格。它是文学作品的灵魂。

我们可以不写诗，但应当有诗的趣味。诗的趣味可以让我们敏锐地感受生活，细致地体验感情，培养高尚的审美，以及提高想象、联想等艺术表现力。关于培养诗的兴趣，著名美学家朱光潜论述过：“一个人不喜欢诗，何以文学趣味就低下呢？因为一切纯文学都要有诗的特质。一部好小说或是一部好戏剧，都要当做一首诗看。诗比别类文学较谨严，较纯粹，较精微。如果对于诗没有兴趣，对于小说、戏剧、散文等等的佳妙处，也终不免有些隔膜。不爱好诗而爱好小说、戏剧的人们，大半在小说和戏剧中只能见到最粗浅的一部分，就是故事。……爱好故事本来不是一件坏事，但是如果要真能欣赏文学，我们一定要超过原始的童稚的好奇心。”（朱光潜《谈读诗与趣味的培养》）儿童文学给小读者的也决不只是满足“原始的童稚的好奇心”，还应当留下感动他们，让他们思考的诗的气质。

“诗起源于在沉静中回味起来的情感”（［英］华兹华斯），阅读儿童文学也应当唤起我们“在沉静中回味起来的情感”。也许因为我是一个“儿童诗人”，每当我被生活感动，它总是以诗的灵感激发起我写诗的冲动。昨晚我去公园散步，看见从黑树林里走出一只白色的猫，它不惧怕游人，反而停在路上，等待游人走近它，和它打招呼。那幅美丽的夜景，那个和谐的情境以及我被激发起来的幻想，都让我很感动。回到家里我写了一首十四行诗《一只猫引领着夜散步》：

一只猫引领着夜散步
夜就更黑了猫也更白
是谁拉启神秘的幕布
繁星飞驰登上了舞台

猫的莹白点亮了夜色
今夜有多少朋友重逢
为倾听早已绝响的歌
一棵棵古树慢慢聚拢

鸟儿潜入了湖底畅游
鱼儿跃上了夜空翻飞
白猫与黑夜互致温柔
晚风偕花香轻轻地吹

早已忘记了夜色深沉
今夜灵魂拥抱着灵魂

我想，这首短诗所表现的思想感情，可以成为我今后一篇童话故事的“灵魂”。

一个儿童文学作家的才能和修养，最终不是体现在知识上，甚至也不只是编织一个曲折引人的故事上，而是诗意。那是一种形象的感情，一种艺术化的思想。这要靠作家深入地体验，被深深地感动过，同时深刻地思考过。

情　　调

有人曾把小说中的故事情节比喻成“枯树搭成的花架，用处只在撑持住一园锦绣灿烂、生气蓬勃的葛藤花卉”。这“葛藤花卉”在我看来可以是诗意、情调。情调是作家所要表现的感情的某种特质，某种情绪体验。我们可能都有这种情绪体验：一种颜色、声音、气味，都可以给我们带来回忆，带来某种情绪：愉快、兴奋、忧郁、厌恶等反应。在文学中常利用情调感染加强艺术效果。

我们在阅读文学作品的过程中，常因作品所表现的情调，以及描写这种情调所构成的语感，让我们沉浸在整个阅读的审美快感中。

优秀的作者善于营造情调，优秀的读者常被情调所感动和吸引。

情调的营造需要敏锐的视觉。我看黑夜里的白猫，首先被黑白颜色的反差所吸引，继而想象在黑夜舞台上所展演的幻剧。那是一种奇幻神秘的情调。

细腻的感受也很重要。感受比领悟更重要。你面对两棵树，一棵树上有鸟巢，一棵树上没有：

鸟巢，是大树的
另一种风景
鸟巢，是大树的
另一种生命

鸟巢让沉默的大树快乐
鸟巢让大树的生命鲜活

（《鸟巢》）

这是我对两棵树的观察，以及感受到的“情调”。

相约着
我们去江南
漫步田间
看三月菜花

菜花汇成海的时候
才是真正的春天来了
于是，那些菜花
也笑出了声音

（《看三月的菜花》）

这是一种明朗鲜亮的色泽，表达的是一种欣欣向荣、勃勃生机的情调。我还曾写过一首诗《在校外，我遇见了老师》，灵感也是来自于中学时代记忆中温馨的情调。

作为一个儿童文学作家，我认为应当有一种“母性的情怀”。“母性的情怀”，这不是一个性别的概念，而是儿童文学作家的一种气质，一种童心的气质。许多儿童文学名著，最初都是父亲讲给子女听的。儿童文学作家的气质很重要，即使他不一定刻意为儿童写作，如果他带着一种童年的感觉写作，那作品也是适合儿童的。

西班牙作家希梅内斯在《小银和我》的序言曾这样写道：“写这本书是为了……我怎么知道是为了谁？”他还说：“人们常常以为我是为了孩子们写作《小银和我》的，以为这是一本孩子们看的书。其实不是。”接下来他引用诺瓦里斯的话，“无论什么地方，只要有孩子，就会有一个黄金时代”，并且继而阐述“诗人们的心所向往的正就是这个黄金时代，这个从天而降的精神之鸟”。我想，只要能永远感受着这个“黄金时代”，心中飞翔着这只“从天而降的精神之鸟”，所写出的文字就是属于孩子的。这本不是专为孩子写的《小银和我》出版不久，即被译成英、法、德、意、荷兰、希腊、瑞典等文字，同时也出版了盲文本。在西班牙国内，自1937年起，几乎每年都有再版。所有西班牙语系的国家，都选它作为中小学的课本，因而成了一本家喻户晓的作品。

圣埃克苏佩里在《小王子》的献辞中写道："请孩子们原谅，我把这本书献给了一个大人。我这样做有三个重要的理由，其一是：这个大人是我在人世间最要好的朋友；其二是：这个大人什么都能明白，就连那些给孩子们写的书都能看懂；其三是：这个大人居住在法国，在那里他饥寒交迫，急需得到安慰。如果所有这些理由仍嫌不足的话，那么我愿把这本书献给长成了大人的从前那个孩子。所有的大人原先都是孩子（但他们中只有少数人记得这一点）。"儿童文学作家就是最懂得孩子的人，就是少数记得自己"原先都是孩子"的人。因此他们一动笔，就不知不觉地流露出一种属于孩子的情怀。

有一些书，的确不是刻意为儿童写的，却可以成为儿童喜爱的文学。为什么？因为这些作家热爱孩子，获得了那只"从天而降的精神之鸟"；这些作品展示了人性的真实、深度、广度，特别是通过儿童可以感受到的情调，使它们成为儿童文学的经典。

语　言

苏联著名作家普里什文，曾经写过这样一段对话：

> 晚餐时，两位姑娘坐到我的桌边。“为什么在您的书里有一种让人觉得亲切的感觉呢？您爱人类吗？”一位姑娘问。“不，”我回答，“我不是爱人，而是爱语言，我总是和语言接近，而和语言接近的人，他也就接近人的心灵了。”

一个作家要善待自己的母语，一个儿童文学作家还要担负起“培养学生热爱母语的思想感情”的任务。

文学创作就是写语言。语言的表现是艺术本领的表现。

诗的语言具有凝练、精微，繁复、重叠的美。其实，优秀的文学作品，无论是小说、童话和散文，都应当是纯正的语言。过去我们常说“语言是表达思想的工具”。这是没错的。但作为文学语言，这就不够了。语文教学改革，在谈到语文课程的性质时，提出“工具性和人文性的统一，是语文课程的基本特点”。文学是提高人文素养的重要课程，语言是绝对不能忽略的。儿童文学虽然不都是语文课的辅助读物，但儿童文学是小学生的课外读物，它与语文教学有着相同的作用，这就是“熏陶感染，潜移默化”。所以语言在儿童文学创作中，是一个不容忽视的问题。

我们常常谈起“可读性”，其实，这不仅仅是一个曲折有趣的故事，它也包括语言，而且语言的“可读性”是至关重要的。文学是语言的艺术，这个重要的艺术特征不能忘记。但是，有一些作品由于写得匆忙，或者语言功底不够，常常把日常语言和文学语言混为一谈，不加提炼地把日常语言用于文学作品中。

还有一种情况，就是把时尚语言当做时髦语言用到文学作品中，语言不经过提炼，也不是文学语言。文学语言终究不是实用性的语言，而是具有审美性的语言。

“一个作家的风格总得走在时尚前面一点，他的风格才有可能转而成为时尚。”“追随时尚的作家，就会为时尚所抛弃。”（汪曾祺《小说笔谈》）“走在时尚前面一点”，“才有可能转而成为时尚”，这也道出了文学语言不能照搬日常的时尚语言。汪曾祺在《用韵文想》一文中还说过这样的话：“我觉得一个戏曲作者应该养成这样的习惯：用韵文来想。想的语言就是写的语言。想好了，写下来就得了。这样才能获得创作心理上的自由，也才会得到创作的快乐。”这段话虽然是针对唱词说的，但对叙述语言也同样适用，它虽然不必用“韵”去想，但语言的流畅和音乐感是同样重要的。汪曾祺的这段话道出了提炼语言在听觉上的重要性。把要写出的文学语言，先变成心灵的耳朵听得见的语言，这样写出来的，才是纯正、生动又悦耳的语言。

上面谈了儿童文学创作的个性问题：

诗意是儿童文学的灵魂，是追求的一种文学境界。

情调是作家的一种素养，也是一种艺术修养，它展示的是作家对生活的心灵感受。作家在心灵上要有“敏锐的视觉”，要善于用形象的方法把那种难以言传的感觉和“情绪体验”传达出来。

文学语言既是基本功，又是永远的艺术追求。作家对待自己的语言，决不能掉以轻心，要有“警惕的听觉”，把要写出的语言先在听觉上过滤一遍，滤掉那些不协调的、粗陋的杂音。让语言构成儿童文学的一种不可或缺的艺术魅力。

（2007 年 7 月 20 日上午，鲁院讲课记录）

关于童话创作的思考

童话创作的多元化

回想我1978年秋天在庐山参加全国儿童读物出版座谈会时，连童话老作家都困惑地在问：今后童话还能不能写？对比一下三十年后的今天，这已不是什么问题了。我想，今天的问题应当是如何把童话写得更好，在数量的基础上追求质量，提倡各种艺术风格的童话均衡发展。

新时期以来，童话创作很是热闹，作者队伍，发展壮大；作品风格，花样繁多。读童话，真有一种目迷五色，目不暇接，千声万籁，洋洋盈耳的感觉。

童话创作所呈现的这种态势，正好说明作者在驰骋笔墨，各展其能。我们从作品中可以读出作者的洒脱天真，无拘无束的自由性情。

童话创作的多元化，证明我们已经有了一个宽松的创作环境。这是我们极宝贵的机遇。它给作者提供了一个比较、借鉴、鉴别的机会。

安徒生、王尔德的童话经典，值得我们重温；科洛狄的《木偶奇遇记》、巴里的《彼得·潘》、林格伦的《长袜子皮皮》、怀特的《夏洛的网》等名著，值得我们去借鉴；罗琳的畅销书《哈里·波特》，值得我们去关注研读。

在阅读这些经典、名著和畅销书的过程中，我认为最重要的是发现自己，而不是迷失自己。创作是创新，最忌跟风。创新是发展自己的艺术个性，跟风是跟在别人后面的模仿，那就永远不会超越。

童话当然要有一个奇幻的故事，这依赖作者超拔的想象力和对小读者心理和审美趣味的谙熟。但是，童话创作与其他文学样式一样，十分看重美好情感的抒发，这会给读者带来一种人性的关怀和温暖，正如安徒生所说的："写些美丽的东西，富于现实意义的东西，使他们凄凉的生活有一点温暖。同时，通过这些东西来教育他们，使他们热爱生活，热爱美和真理。"其次，作为语言艺术的童话，提炼语言的纯正与生动也很重要。

童话的可读性，绝不是廉价的荒唐闹剧和笑料堆砌，它也是讲究蕴涵和启思的。留在孩子心中的优秀童话，除了有趣的故事情节，还有智慧和思想。

关于“抒情派童话”

这些年，诗人写童话的多起来了。他们给童话创作注入了一些新的色彩。

诗人写的童话，常常被归入所谓“抒情派童话”中。诗人们似乎欣然接受了这个分类。

在我看来，诗人创作的童话，自有他们的特色。诗人的秉性在童话中的表现，注定了童话中多了一些情感的抒发、情调的渲染以及诗美的品格。

诗人的天职是爱。诗人在创作童话时，总是有一种内心深处迸发的热情。诗人谨守爱的力量，称许爱的美好，信诺爱的神圣。

诗人有着锤炼语言的功力，他写起童话来，即使不再凭借协声押韵、铺排联句，也仍能够传达出浓郁的诗意诗情。

抒情派童话借鉴诗的思维和诗的技巧创作童话，必然会在诗歌创作获得丰收之后，又获得童话的丰收。

好的童话应当是有个性的

好的童话应当是有个性的，这包括艺术风格、语言、思想等等。读者读作者的作品，还可以从他的字里行间感受到他的写作状态以至气质、情调和文学习染。

还有浸透其间的情调之美。这种美感唤起读者的是心灵的安谧和向往。心不再浮躁,向往的是爱与善。给读者一双寻美的慧眼,一颗向善的心灵,对于美的事物决不会冒犯亵渎,会虔心向善,就显露着这样一种姿态,一种心灵的姿态。

快乐的写作乃是自由的写作,特别是为了孩子。

哪里有孩子,哪里就有春天和晴朗的天空,他们的身影时刻在我们心中跃动,面对这个缤纷的世界,我们也就有了一双好奇的眼睛,和孩子在一起,发现着,思索着,表达着,获得了一种追逐纯真和梦想的快乐。为孩子写作,可以感受到和灵魂本性最为贴近的温暖。

一个以母语写作为乐趣或生活方式的人,文字可以把我们导入一个新的境界和新的天地。

一般来说,年轻人天然地排斥守旧,他们不会把某一种模式奉为创作的圭臬。他们注重探索创新,就像他们的生命,正处于蓬勃发展之中。阅读年轻作家的作品,我感受到了清新的气息。看得出,他们的视野比较开阔,曾经借鉴的经典已不是仅有的那么几本,而是从不同的艺术风格的作品中得到不同的滋养。

他们各自运用着自己熟悉的笔调来写作,没有太多的顾忌和犹豫让自己陷入尴尬的窘境。他们也不会凭借一些教育理念去完成文字的图解,面对孩子,多的倒是一些从容的笔触和个性的张扬。

关于网络写作

还有一个值得关注的现象，这就是有不少年轻的作者，在网络上发表过作品。对于我来说，那是一个陌生的语境，但也是我需要知晓的写作方式。我很好奇。我曾设想，“网络文学”作为文坛的一种时尚，在那个园地上，可以天然地表达愿望，伴随着娓娓的自言自语，自由地播种文字。可以肯定，最初，这种写作方式会满足对于心灵诸多的探求吧！

这是一个自己教自己写作的过程。他们可以借助这种无拘无束的写作，不断地认识自己，认识自己的气质、学养、趣味，以及所长所短，等等。

但是，文学创作还需要熔铸和提炼。所以，经过一段自由无忌的习作以后，作者会逐渐地、自觉地意识到创作既需要放开手脚，又需要精微收缩，文学创作的规律从来都是从这两个方面呵护着我们。

童话也是有难度的写作

优秀的文学作品，从来就是创造出来的，而不是制造出来的。

我欣赏那些把创作童话看作是一种严肃、严谨的工作，不是轻而易举，不是一挥而就的工作的人。童话创作也是有难度的写作。

我赞赏那些有艺术追求的年轻作者，他们追求的不同风格，如情节的玄妙曲折，文字的机敏灵动，情调的温润芳馥，古典的洁净完美，等等。有艺术追求，才有目标，才能锲而不舍，才能精益求精，才能永远拥有一个宁静安谧的心境。文学创作需要这样的心境。尽管童话想象的翅膀可以让我们飞翔，但仍要俯身细视这片土地，守望土地上的家园、孩子、森林和鲜花……这永远是我们创作渴求不餍的源泉。

从孩子的天性幻想发展为审美幻想，这是一个从原生态的幻想向艺术审美的飞跃，这是质的飞跃。童话作者要区分这种质的不同，给自己的童话多一些文学的成分。

幻想，对孩子来说，是美的，是有诱惑力的，对于作家来说，艺术地表现这些幻想，是更美，更有诱惑力的，因为作家在他的幻想故事背后，蕴涵着情感、智慧与思想。这些都是童话创作最根本的东西。

童话一旦缺乏幻想，缺乏思想，一味地追求热闹的情节，低俗的笑料，便是放弃了童话本身。

儿童文学和“成人文学”

文学在发展的最初阶段，并没有明确地划分“儿童文学”和“成人文学”。随着文学的发展和不同读者的需求，儿童文学才逐渐独立出来，于是有了儿童文学和所谓“成人文学”的区别。

虽说儿童文学独立出来成了另一种文学门类，但它与“成人文学”有着千丝万缕的联系。有一些作品，很难说是儿童文学还是“成人文学”。老少咸宜的文学，是成功的“成人文学”，又是成功的儿童文学。

问题不只在于把二者分开。文学分类的精细，体现了文学本体的特色。一个作家，可以把不同的文学体裁和门类加以融会，取长补短。

“五四”以来，像叶圣陶、冰心、张天翼等老作家，他们不但在“成人文学”方面做出了成绩，写出了不朽的名作，在儿童文学方面，也创作出了不少精品，如《稻草人》

《寄小读者》《大林和小林》等。这一现象，单从繁荣儿童文学的角度看，也很值得我们思考。

记得 1955 年 9 月 16 日《人民日报》曾发表社论《大量创作、出版、发行少年儿童读物》，这以后有更多的作家响应号召，写出了如《一个少年的笔记》（叶圣陶）、《再寄小读者》（冰心）、《宝葫芦的秘密》（张天翼）、《金色的海螺》（阮章竞）、《小兵张嘎》（徐光耀）等一大批好作品。这说明创作"成人文学"和创作儿童文学是可以集于一身的，二者是可以相辅相成的。

还有一些文学现象也颇堪玩味：有一批作家其早期作品有的可列入儿童文学范畴，如管桦的《雨来没有死》、王蒙的《小豆儿》、刘心武的《班主任》；而有一批儿童文学作家则是从"成人文学"开始文学生涯的，如严文井、杲向真等；有一些作家从儿童文学起步，后来转而从事"成人文学"创作了；另有一批作家在儿童文学的园地里立志耕耘，有了丰硕的成果，成为名副其实的儿童文学作家。人各有志，无论从事哪种文学创作，只要做出了成绩，都是可喜的。

但是，我们仍有必要提倡儿童文学和"成人文学"的交流。20 世纪 50 年代，"成人文学"作家写了一批儿童文学作品，质量较高，给儿童文学创作注入了新鲜的空气和新的血液。

一个作家不但能为成年人写作，还能为孩子写作，这不能说明他是屈就了“小儿科”，倒是能说明他的情感世界中较多地保留着童心，说明他感受生活的触角更敏锐，说明他还掌握着另一种“专门技巧”。

据说在国外，如果有的作家不但能为成人写作，还能为儿童写作，大家（包括同行）都会对他刮目相看，肃然起敬。在我国，似乎还缺少这种观念和礼遇。

其实，从事儿童文学创作的人，也不妨写一点“成人文学”，这倒不是为了证明“我也能写”，更不是借此抬高自己的“身价”，其实际意义在于拓宽生活领域，丰富创作题材，深化对事物的思考，借鉴更多的技巧，从而提高儿童文学的总体质量。

在我的印象里，作家郭风在从事散文创作过程中，始终没忘记孩子。在他整个文学创作生涯中，有相当多的富于童话色彩、意象优美的儿童散文诗。

作家宗璞写了很多好小说、好散文，与此同时，她也没忘记孩子。她那些富于诗意的、充满幻想的、富于深邃人生哲理的童话，深受孩子和成人的喜爱。

这些老少咸宜的作品，无论从“成人文学”的角度看，还是从儿童文学的角度看，都显示了我国文学创作的一个新的特色。

（原载1995年4月16日《中国文化报》）

呼唤诗教

我是从写儿童诗开始进入儿童文学创作的，半个世纪以来乐此不疲。我总是把诗意看作是儿童精神世界的一种理想状态。他们对于生活的好奇、美的感受，他们奇幻的想象以及对语言音乐性的敏锐感觉，常常使我认为儿童与诗有着一种天然的联系。

读诗不是一般的消遣，它可以让读者在纯正的文学趣味中，获得阅读的快乐与滋养。那种属于音乐拨动心弦般的感动，那种属于绘画情景交融似的感受，那种如歌如舞让情感陶陶然的共鸣，都让我们体验到读诗与读其他文学样式的差异。

诗所反映的是通过人的心灵升华了的客观世界，并反作用于人的心灵，陶冶人的性情。于是，我们便有了诗教的传统。

诗教是心灵的感悟。对于今天的小读者来说，他们更热衷于阅读有情节的故事，越是奇诡的，越是让人心悸的，越有阅读的兴致；更有甚者，在声像传媒发达的今天，对文字阅读失去了耐心。真正的阅读是人的一生发展中不可或缺的能力；真正的阅读需要沉下心来，用心灵去感受，用想象去补充，用思考去扩展，让人走进书中，让书走进心中。

于是，有一种声音：呼唤儿童诗，呼唤诗教的回归。我们应当重视这种声音。

读诗，是伴随着趣味、审美、智慧和思索并享受着的快乐。

诗是精致、纯美的文学。它虽然不以叙述故事、思辨哲理见长，但它能使读者在感受语言美的过程中，被吸引、被打动，陶醉其中，从诗背后的故事和意境中，积极主动地引发更多的感悟和思考。

诗教作为中国古典美学的重要内容，有着悠久的传统。随着社会的进步，文化的发展，诗教的内涵更加丰富，它不再简单地把“温柔敦厚”作为诗教的内容和目的。对于儿童来说，诗教要遵循儿童身心的发展规律，符合他们的年龄特征、心理特征以及审美趣味。

对于儿童来说，生理的成长固然是重要的，但同样重要的还有心理、精神的健康成长。学会诗意地生活，对儿童同样重要。用心灵去感受生活、热爱生活，就会发现我们赖以生活的环境中，人与人之间存在着许多美好的东西，心会变得柔和起来，变得敏于感受幸福与苦难，因而更有正义感，更富同情心——这是丰富的心灵世界，诗可以引领我们走向这个世界。

诗不仅让我们学会感受，还让我们学会思考。感受让我们走进生活，并启迪我们思考和理解生活。成长中的少年儿童，关注世界，关爱他人，是基于他对生活的思考和理解。诗要用心灵的眼睛去阅读，是最能发挥人主动性的自由的阅读。

从诗中还可以体会到语言的美。诗的文字要求凝练、优美、有情感、有意境；诗歌的语音要求押韵、朗朗上口、有节奏、有音乐性，等等。这一切都与儿童形象性、情感性和好模仿的心理特点相吻合，因而儿童容易亲近诗歌，首先从听觉上亲近它的声音美，之后随着理解的深入接受它的情感美、意境美。

培养儿童热爱母语的思想感情，最好从读诗开始；享受语言的美，创造语言的美，最好从读诗、写诗开始。这已经是被大量的实践所验证了的。一个孩子能从小接受诗歌的熏陶，将会受益终身。他喜欢诗，将来不一定要成为诗人，但诗的素养将会使他聪颖、敏锐、有灵性。

儿童诗片论

儿童诗是美的诗

诗是灵魂的歌。它用从心灵中发掘出来的美，去陶冶人们美的心灵。儿童诗也是如此。儿童诗要发掘出人们心灵中更为丰富的、更为普遍存在的美，去陶冶儿童稚嫩的心灵。诗是儿童感情上的营养品。

诗是“文学中最精神的样式，它属于精神世界”（歌德语）。它是从心灵到心灵的艺术。由此及彼必须有美的纽带、美的翅膀，即美感作用。

儿童诗是教育儿童的诗。它虽然也有劝喻，但它的教育目的是要通过美感作用来达到的。一首好的儿童诗，应当把某种劝喻隐含于能唤起美感的形象之中，而不是靠枯燥的说教和平庸的摹写。

一首好的儿童诗，只有让孩子们读了产生美感，感到心情的激动和艺术上的满足，对它爱不释手时，他才愿意反复地去玩索、回味，才能在不知不觉中受到教育。

儿童不愿被迫地去阅读，他们也缺乏克制力。因此，儿童从阅读到思考，要一直伴随着形象、色彩和声音，给他们以如临其境、如见其人、如闻其声的感觉，伴随着这种亲切的感受，才可能得到教育。“既劝喻读者，又使他喜爱”，这是文学作品发挥教育作用的规律，儿童诗也不例外。

儿童对于诗的感受能力，不同年龄有不同的侧重，因而决定了儿童诗从内容到形式的多样性。对于幼儿来说，诗歌要有强烈的动作性和歌唱性才能吸引住他们。

我们有一些儿童诗，片面地强调教育作用，却忽视了发挥教育作用的艺术手段。这样的儿童诗，总是将教育的内容用训诫的口吻直接说出来，或者用人云亦云的语言、毫无新意的比喻讲一些大道理。这种板着面孔说教、令人生厌的训诫，不可能达到任何教育目的。

儿童是最真诚的读者，如果你的诗写得枯燥乏味，他们就会毫不掩饰自己的冷漠。不爱读，又怎么能发挥教育作用呢？所以，任何一首儿童诗要想发挥它的教育作用，都要通过美感作用来实现。不但需要“思想的胜利”，也需要“美学的胜利”。

儿童诗的美不是抽象的、空洞的东西。美存在于一定的生活内容中，存在于一定的思想内容中。对成年人来说是美的，儿童不一定能领略。

儿童诗的美总是首先体现在对儿童生活或儿童能理解的社会生活的真实的描绘中。虚假的、矫揉造作的作品不可能带来美感。与共产主义教育原则相违背，宣扬腐朽没落的、自私自利的思想也不可能带来美感。

儿童诗的特性同样是它耐人寻味的抒情性。因此，儿童诗的美首先体现在"情"上。诗作为"人的灵魂之歌"，就是通过表现心灵美，培养一代新人高尚的情操。

对于一切美好感情的抒发和对于高尚情操的赞美是儿童诗永恒的主题。

共产主义思想和道德观念，包括了人类社会中一切可借鉴的精神财富。正义感、同情心、对于美好事物的向往和追求，是人类从小就要培养的品格。表现这些品格的优秀的儿童文学作品具有共同的美感。伊索寓言、安徒生的童话、泰戈尔的儿童诗是没有国界的，也不受时代的限制。

儿童诗更具有永久性。不同国籍、不同时代的儿童，在成长过程中有基本一致的教育内容。他们有共同的美，也是美育的基本内容。儿童的这种共同的美，反映了儿童共同的年龄特征和心理特征。九岁的刘倩倩曾经写出了这样一首优秀的诗《你别问这是为什么》：

妈妈给我两块蛋糕，
我悄悄地留下了一个。
你别问，这是为了什么？

爸爸给我穿上棉衣，
我一定不把它弄破。
你别问，这是为了什么？

哥哥给我一盒歌片，
我选出了最美丽的一页。
你别问，这是为了什么？

晚上，我把它们放在床头边，
让梦儿赶快飞出我的被窝。
你别问，这是为了什么？

我要把蛋糕送给她吃，
把棉衣给她去挡风雪，
在一块唱那最美丽的歌。

你想知道她是谁吗？
请去问一问安徒生爷爷——
她就是卖火柴的那位小姐姐。

这首诗巧妙地运用了铺排的描述，造成一种回环反复的情趣，它重墨渲染，依次排列地表现了儿童所特有的情态举止，把现实世界和幻想世界融汇在一起，充分地表达了小诗人对不幸者真诚的爱和助人为乐的高尚品格。这首诗在世界儿童诗歌比赛中获得国际菲利亚奖，说明了全世界儿童对于诗中所表现的思想感情的强烈共鸣。

美，总是伴随着高尚的情操，“美是道德的亲姊妹”(别林斯基语)。儿童诗应当从内容到形式都美。儿童诗是美的诗。

儿童诗也是快乐的诗

情趣在儿童诗中像一位亲切的、幽默的、快乐的向导。它引导着你走进诗的花园，使你有时微笑，有时陶醉；有时又使你沉思，在诗的花园里，你会流连忘返。

情趣是由儿童的年龄和心理的特殊性所决定的。儿童的性格特征是天真活泼。在他们的生活中，充满了在成年人生活中见不到的行为、动态、语言和心理。把这一切艺术地再现于儿童诗中，酿成一种特有的诗情画意，就构成了儿童诗中的情趣。

那些染上儿童心理色彩的形象，无不给人一种生机勃勃、乐观向上的跃动感。儿童善于在静中发现动：活动着的人物、场景、画面。因此，选择最富有儿童性格特征的、有动感的形象，表现儿童的思想感情，就成为儿童诗中常见的一种表现手法。例如，任溶溶的组诗《你们说我爸爸是干什么的》，其中有这样一首赞美人民警察的：

不管下雨，不管下雪，
　不管春夏秋冬，
我的爸爸站在路口，
　他在那里“办公”。

不管汽车，不管电车，
　都听爸爸的话，
要是没有我的爸爸，
　它们就会打架。

爸爸常常搀扶老人，
　那不是他爹妈；
爸爸常常搀扶孩子，
　那不是他娃娃。

不管大人，不管小孩，
　个个爱我爸爸，
只有那些不好的人，

见我爸爸才怕。
你们说我爸爸是干什么的?

这首短诗通过爸爸的一系列动作,表现出他职业上的特点以及为人民服务的热忱。有曲折,有波澜,曲曲传情。内容上的发展、画面上的更替,都充满了动的节奏。因此,才能曲折萦纡、饶有情趣地表现出孩子对爸爸的敬佩之情。

儿童诗是快乐的诗。教育不等于教训,教育的诗篇必须是用形象说话,必须是艺术性很强的诗篇。高尔基曾经指出:“用枯燥无味的语言向儿童讲话——就会在他们心中引起烦闷和对于说教的主题本身产生内心的厌恶。”所以,他一贯主张,儿童文学作家应该有诙谐的才能,“我们需要那种发展儿童幽默感的、愉快和诙谐的”儿童文学作品。儿童诗也如此。幽默感在儿童文学创作中应当是艺术才华的重要因素之一。

儿童也很喜欢讽刺诗,在这类儿童诗中,有不少是批评小主人公成长中局部性的缺点的,它常常通过滑稽的动作、可笑的举止表现出孩子式的缺点。像《小马虎的“遗失广告”》(刘秀山),写的是一个粗心的孩子为找到他丢失的东西写了一张“遗失广告”:他丢了九本作业本,三只蟋蟀,“还有＋－×÷数学算式”。他用书包当球门,“一个星期丢了四次”。过队日时,“发现丢了名队员，数了七次才想起忘数自己”……诗的最后这样写道：

一个学期丢了这么多东西，
他的心里可真着急。
可他又把“遗失广告”贴倒了，
爬上房顶才能读懂上面的意思！

夸张得多么有趣！把批评和劝喻包含在幽默风趣的笑话之中，这里有的是温和的批评、微笑的揶揄，所用的语言是形象的、有趣味的，儿童读后，在笑声中会自然而然地受到感染并体会出它所包含的教育内容。

在一些短小的儿童诗中，情趣也常常具有优美的特征。在儿童的心目中，这世界也是天真活泼的。他们生活中的一草一木，花鸟鱼虫，现实生活中感兴趣的事物，无不被他们加以“心灵化”。他们欣赏着美、发现着美，从而把美带到他们的生活里来。

同是写春天，有的写得俏皮、伶俐。作者把春雷、春雨、春风比作“春妈妈的三个小姑娘”，“雷姑娘天天敲着鼓儿玩，敲醒了天空，敲醒了田野，敲醒了沉睡的山岭和村庄”；“雨姑娘天天洒着水儿玩，洗绿了大树，洗青了小草，洗红了花朵的脸儿一张张”；“风姑娘天天吹着气儿玩，吹柔了树枝，吹长了青草，吹得春天朝前长”（潘仲龄《春妈妈的三个小姑娘》）。有的却写得细腻、小巧，说春天的河床,“像一行乐谱,谱写出大地的欢歌。绿水中的蝌蚪儿,像乐谱上的音符多活泼”(陈次方《歌》)。有的却写得轻松、柔婉,“小雪花,一朵朵谢了;迎春花,一簇簇开了。小燕子们,用尖尖的剪刀,把最后几片灰色的冬云,剪掉了……玻璃丝似的春雨,把早春的大地染绿了……热情的春风阿姨,用她温暖的手,给你,给我,给他,脱去厚厚的棉袄”(樊发稼《花,一簇簇开了》)。以上三首诗均引自《儿童文学》1981 年第 2 期。

这一类小诗,从优美中得到情趣。这些景色都是儿童眼中的景色,儿童心中的景色。这一类小诗,带给小读者巨大的审美享受,同时又启迪他们去追求一切美好、欢乐、光明的事物,还能培养他们细致入微的艺术感受力。

儿童情趣来自于儿童生活,只有深入地体验儿童那种特有的心理、动态、语言,并加以艺术地表现,才可能在儿童诗中表现出儿童的情趣。因此,对儿童的热爱和对儿童深入的了解以及广博的知识是很重要的条件。

不要自己限制自己

儿童诗常常包含着一个生动的故事情节。但是,我们必须仔细地区别诗中的故事与小说的故事。儿童诗所表现的是生活中诗化了的故事,是生活的感情化。在儿童诗中的人物和事件常常是融合在一瞬间的生活情景中，是为表现某一瞬间的思想感情服务的。

这类儿童诗（有人认为是“浓缩的叙事诗”、“淡化了的抒情诗”），它常以连续的场景、跃动的形象、发展的性格体现出一种动态的美。

儿童诗的任务不应当是单纯地叙述一个完整的故事情节。诗是不擅长讲故事的，尤其是抒情诗。硬要儿童诗去写故事情节，不如去写小说。“诗的特点，主要是抒情。不然就同小说一样了”（郭小川语）。抒情就是要表现人的内心的一种情绪。写心灵之外的世界，不必要求把它写得那样详尽，更不必要求儿童诗所写的故事情节要包括开端、发展、高潮、结局等组成部分。把儿童诗的结构人为地规定成：开头有悬念，中间是高潮，篇末要点题，这必然造成了儿童诗的单调，而不利于儿童诗的发展和风格的多样化。

事实上，在儿童诗创作上有成就的诗人，已经给孩子们创作出多种多样的儿童诗。柯岩既写了有矛盾冲突，有一定的故事情节的儿童诗（如《帽子的秘密》），也写了蕴藉隽永、情景浑然的题画诗；任溶溶既写了情趣盎然、富于幽默感的儿童诗（如《爸爸的老师》），也写了引人深思、寓理于趣的哲理诗（如《两个小小的道理》）；袁鹰的儿童诗则有叙事以寄情的特点，他的叙事诗总是有着浓郁的抒情性，总是用饱蘸感情的彩笔去歌唱故事，描绘人物，他的《刘文学》《草原小姐妹》从始至终在娓娓地叙述中附丽着作者的情思。

即使是有故事情节的儿童诗，它动人心魄的力量也不应依赖情节的惊险曲折，而在于它通过形象所描绘出来的优美的境界和高尚情操，这才是儿童诗最根本的特质。醉心于在诗中编造离奇曲折的故事，却忽视诗所应有的情韵，即使能暂时地吸引住小读者，这也是一种廉价的趣味。因为小读者在诗中只得到了猎奇的满足，却得不到感情的丰富蕴涵，得不到高尚情操的陶冶。

有的儿童诗即使没有完整的故事情节，它仍旧应该具有引人的魅力。意大利儿童文学作家罗大里的著名诗篇《一行有一行的颜色》，就是一首有深刻的思想性和很高的艺术性的佳作。它生动有趣地向孩子们进行劳动和阶级的教育。讲到面包房师傅，“浑身白晃晃。头发眼眉毛，好比蒙白霜”；“司炉的工人，黑得亮堂堂。油漆的工人，蓝、白、黑、红、黄。厂里的工人，一身工人装，深蓝的颜色，青天一个样”。诗的最后这样写道：

工人一双手，
闪闪发油光。
富人一双手，
白得没话讲。
指头软绵绵，

指甲闪闪亮。
随便啥油腻,
从来不沾上。

哼,他们皮肤是非常白,
做的事可真是黑得慌!

这首诗并没有故事情节,但它用极简练的笔法塑造了鲜明的人物形象。这首诗表现的是严肃的主题,但艺术手法却是生动活泼的,它以一个个闪现的特写镜头向孩子们展现了劳动者的形象。这些形象是通过孩子的眼睛、孩子的心灵和孩子的语言塑造出来的。在鲜明的对比中,抒发了诗人对于劳动群众的同情和热爱。

由此看来,儿童诗的表现手法是多种多样的。我们应该不断地寻求独特的表现手法,而不要画地为牢,把自己囿于一种模式之中。要充分地表现自己的艺术个性,把自己的艺术风格融注于所要表现的对象之中。或庄或谐,或显或隐,只要是符合儿童年龄特征、心理特征和理解水平,都应当像百花竞放,各展异彩。儿童诗的多种表现手法和多种风格必然会培养起儿童多种多样的艺术趣味。

儿童诗应该像鸟儿各有各的彩翼,像花朵各有各的香味。

除了小读者，还有大读者

儿童诗的读者对象是谁？当然是儿童。

但是不要忘了成年人，不要忘了孩子们的爸爸、妈妈和老师。儿童诗应当写给肯思考的孩子看，也写给还有童心的成年人看。儿童诗要通过大读者的引导，把小读者带进诗的意境当中，让他们更深入地理解诗。

儿童诗，尤其是儿童抒情诗，是一种思辨的艺术，诗的丰富含义往往要“思而得之”。我们读一首诗，有时候从字面儿上看，似乎没什么疑难，三言两语即可概括全部内容。但又觉得还有没说出来的更丰富的意思隐含其中，有待于进一步的开掘，还要调动想象和联想，才能真正地理解，这就是诗的丰富内涵和强烈的暗示性。

优秀的儿童诗要在单纯和明晰的形象中寓含着深刻的思想及丰富的感情。儿童诗也应该有这种“韵外之致”，“味外之旨”，“含不尽之意见于言外”。叶延滨的组诗《那时，我也是个孩子》，其中有一首《“事务长”》，写的是在“十年浩劫”中“爸爸当上了‘黑帮’，我变成了‘事务长’，为全家，筹备每天的‘给养’”。但那少得可怜的一点点生活费，“每一分钱，都被我捏得发烫”——他要给身患重病的爸爸加强营养，给被批斗的妈妈做碗热汤，为了给弟弟过生日，“咬咬牙，买一块巧克力糖”。这样的孩子当然会受到妈妈的夸奖，但爸爸的话更意味深长：

夸什么，咱们是又一次过雪山草地，
炊事班的行军锅，
红军的儿子不扛，谁扛？

结语简洁有力，格调高昂，它通过“十年浩劫”中常见的生活现象，启示人们认识一种生活哲理，生活的磨难锻炼了一代新人，他们成熟、勇敢、机智。

这样的诗言近旨远，大读者也会喜欢的。他们可以用比孩子丰富的阅历，比孩子成熟的思想以及较高的文学素养引导小读者细心吟咀，探微索隐，听到弦外之音，悟出言外之意。

好的儿童诗总是有丰富的内涵，所以，读这样的诗不可能一览无余，也不可能一目了然。但对于儿童来说，含蓄要适度，不适度便成了隐晦，孩子们读起来“丈二和尚，摸不着头脑”，也就没有兴味了。

好的儿童诗鲜明生动地表现了今天的儿童的思想感情，它会唤起大读者的童年记忆，他们读来会倍感亲切。这就有可能在大读者的引导下，使小读者学会欣赏诗。读诗不能“狼吞虎咽”，而要品味玩索，这样才能得到诗的真谛，也培养了孩子们纯正的文学趣味。

小读者和大读者都喜欢的儿童诗，单纯、明晰、自然，还要在思辨中去体会。不要把小读者和大读者的艺术趣味对立起来，优秀的儿童诗本来就应当让儿童成熟起来，让成年人不丢失他那颗童心！

不断探索，不断创新

应该说，在儿童诗与成人诗之间没有一条把二者截然分开的界线。我们有不少诗人的诗作既被收入供成年人阅读的诗集中，又被收入供儿童阅读的诗集中。例如，郭沫若的《两个大星》《天上的街市》，朱自清的《小草》，徐志摩的《谁知道》，戴望舒的《在天晴了的时候》，艾青的《太阳的话》等等。这样的诗还可举出很多很多。这种交叉是允许的。作者在创作这些诗的时候，也许并没有给自己规定明确的读者对象，这些诗也确实“老少咸宜”。

但是，这种文学现象决不意味着可以抹杀儿童诗与成人诗各自的特点，而是启示我们进一步探讨儿童诗如何在思想内容上写得更有深度，在艺术形式上如何从成人诗中借鉴有用的表现手法。不断地借鉴，不断地创新，儿童诗才能不断地发展。

近几年来，在儿童诗创作上取得了不少的进展，尤其是在儿童抒情诗上，思想有一定深度，题材有一定广度，艺术上更丰富多样了。这些诗没有离开儿童诗这个特殊领域，而是沿着儿童诗自身的艺术规律向前发展。不遵循儿童的年龄特征、心理特征，无论什么样的表现方法都会变得无的放矢。

儿童诗的成人化仍是值得注意的问题。茅盾说过，“儿童诗是成人为儿童写的。难免有成年人惯常有的想象，甚至还有概念化。这就有把小读者不知不觉陶冶成‘小老头’的毛病”(《对于儿童诗的期望》)。

儿童诗的成人化，并非由题材所决定的。写成年人的事情不一定就带来成人化。儿童诗当然可以写成人形象和成人的生活，只要是用儿童的眼睛去观察，用儿童的心理去体会，仍可写出受儿童欢迎的儿童诗来。反之，即使你写的是儿童和儿童的生活，如果你“站在成年人的角度，用成年人的趣味，成年人惯常有的想象”去表现，你所写出的儿童诗仍不是儿童诗。例如《奶》这首诗：

小嘴，叼着奶头
像船，衔着港口
喂给孩子的——是乳
敬还母亲的——是酒
……吃吧，吃吧
敞开怀，任你吃够

啊！长江在心上淌

哦！黄河在怀里流

……

诗简练形象，富有想象力。但它是用“成年人惯常有的想象”来表现的。这诗可以说是一首较好的诗，但不一定就是能为儿童所欣赏的儿童诗。

儿童诗在创作的基本原则上应该说与成人诗是一致的，但在表现方法上，则因为读者对象的不同而要求儿童诗要写得明快、单纯、有趣。儿童诗完全可以“简单、有趣而没有任何说教地和儿童们谈最重大的主题”，而这是需要“真正的技巧才能做到的”（《高尔基论儿童文学》）。

在儿童诗的创作上，我们要坚持生活是创作源泉的原则和现实主义的创作方法。但是，这不意味着可以把成年人生活中的某些内容不加区别地写给儿童。在成人诗中可以涉及的内容并不一定适宜儿童。由于儿童在心理上、智力上处于发展的阶段，他们还缺乏理解力和判断力，所以给儿童的作品应该是特别审慎的。

坚持正面教育是我们的基本原则，对于儿童尤其如此。儿童诗是美的诗，是教育的诗，它所担负的首要任务，是从小陶冶他们高尚的情操，使他们在精神上得以健康成长。我们应该让儿童诗担负起这样的任务，培养他们成为一个热爱祖国并为之忘我劳动的人，成为一个为真理而斗争的正直的战士，成为一个有理想并对未来充满信心的人。

为了达到这个目的，要给儿童提供最精美的精神食粮。高尔基曾经说过这样的话："儿童的精神食粮必须慎重地选择。前辈的罪恶和错误，孩子们是没有责任的，因此，放在首要地位的，不是在小读者心里灌输对人的否定态度，而是要在儿童们的观念中提高人的地位。不真实是不对的，但是，对儿童必要的并非真实的全部，因为真实的某些部分对儿童是有害的。"这是我们在儿童诗创作中不应忽视的重要问题。

（原文载《诗探索》1982 年第 4 期）

关于幼儿文学的思考

在我看来，文学进步的标志之一是儿童文学的繁荣；儿童文学进步的标志之一是幼儿文学的繁荣。这是已经被世界上诸多国家的事实所证明了的。因此，有的出版社提出“将‘图文共创’列为重要发展项目”的举措，这的确让人感到振奋。

我想就幼儿文学创作问题谈谈我的一些想法。

第一个问题，幼儿文学与文学启蒙

幼儿文学作为“人生第一书”，究竟什么时候让孩子感受文学好？这也许还是一个有待科学不断论证的命题。但在生活实践中，若干图书的样式，例如不怕撕的布图画书，完全可以及早地进入婴儿的生活。因此，现在已经有了“婴儿文学”。

对于婴儿来说，混沌初开，声音比意义更有吸引力，因此，才有了音乐性很强的童谣。他们首先用听觉感受文学。当他们进入了学习语言的阶段，“语言文学”开始进入他们的生活。他们听歌谣，听故事，可以用感情感受文学了。

所以，我们是否可以这样说，所谓文学启蒙，实质上是以文学的方式打动婴幼儿的情感世界，用以提高他们的“情商”。文学启蒙应当是婴幼儿在文学的想象世界里，受到感情的熏陶，逐渐感受到爱与美与善，幽默与快乐，以及道德感等等。

当然，这一切都是通过文学形象，在潜移默化中进行的。

这里所说的“文学方式”，主要是语言方式。没有了语言，也就没有了文学。因此，文学的启蒙也是语言的启蒙。

幼儿文学的语言，应当是最单纯、最明快、最率真的语言；它不晦涩、不啰唆，讲究语言的纯洁、规范。

由于幼儿文学是把语言变成声音，所以它是“声音的文学”，“听觉的文学”。所以要写得口语化，便于读，便于听。悦耳入心是幼儿文学的语言要求。在朗读的过程中，如果出现了生僻的词汇、晦涩的句子、拗口的句子，都会中断他的感受，影响注意力，而不能坚持把故事听完。

便于听，还有一个叙述方式的问题，这就是我们常说的结构。先以儿歌为例，它除了最讲究音乐性以外，它的结构最讲究回环反复，重叠复沓。叠词的应用，反复、排比以及用“顶针句”推进故事情节的发展等修辞手法，在民间童谣中用得最广泛。这种结构形式的运用，显然有加强音乐性和便于记忆的作用。

在给幼儿读故事时，不能不注意如何便于读，便于听，像阿·托尔斯泰的《大萝卜》，就是用了反复的手法，推进了故事情节的发展，将团结力量大的主题阐述得极为生动活泼。

此外，拟声的用法在幼儿文学中用的极为普遍，这里不再赘述。

总之，口语化的叙述方式，便于记忆的结构形式，声情相应的拟声手法，都是幼儿文学便于读、便于听的一些基本要求。

我想，正由于幼儿文学的语言启蒙是感情的启蒙，所以，它十分注重文学品位。

探讨幼儿文学的品位，还是应当基于这样几个方面：第一，它有“人生第一书”的年龄特征；第二，幼儿主要靠听觉来感知文学的内容；第三，是图文结合的书。因此，它的文学品位大致体现在这样几个方面：

1. 情趣，它包括情调与趣味两个方面。情调在幼儿文学中也是不应忽视的。因为它是作品所包含的思想感情的一种格调，是作品艺术特点的综合表现。同时，它也是读者受到作品感染以后，所引发的思想感情的反映。对于幼儿来说，这就要靠文学的趣味性来引发。所以说，幼儿文学同样是有品位的文学。那些经典性的幼儿文学作品，为什么感染力如此持久？为什么会老少咸宜？安徒生说过这样的话："我写童话，并不只是为了给孩子们看的，也是为了给大人们看的……孩子们会更喜欢我的童话故事，成人则会对我蕴藏于其中的思想发生兴趣。"综合二者的感受，可以看出幼儿文学应具备的趣味和高尚情调。

2. 动感。动感当然有赖于情节的发展和人物性格的塑造，但是，对于幼儿文学来说，动感更要体现在画面感上。作家虽然不一定是画家，但是，他在进行文字创作时，应当能"看"到画面。作家应当是带着画面的感觉来从事文字创作的。比如人物的性格展现，更多的是在情节的进展中逐渐鲜明起来的，而不是靠作者静止地介绍的。写景也如此，要把静止的景物变成运动着的景物写。

3. 节奏。因为幼儿文学主要靠读，自然就有一个与作品内容相适应的节奏、音调，以及声音的力度和质量的问题。因此，我主张作品写完以后，作者一定要多朗读几遍，体会一下语言的节奏感和声调，在朗读中进行修改加工。

以上三个方面，已包括了作品的内容，文字与绘画的结合，以及声音的传导等方面。所以，幼儿文学是以文学为基础，依靠绘画的再创造，又以声音形式传达的综合艺术。

第二个问题，建立“亲子共读”的创作理念

“亲子共读”这一概念，在我的印象中，好像这几年才被人叫得很响。我也很欣赏这一提法。但是，它并非新的发明。我们小时候，几乎每个人都曾经感受过听长辈给我们读书的乐趣。

依偎在妈妈怀里听她唱儿歌、讲故事、读书，我们一生都不会忘记。

为什么那儿歌、故事，从妈妈嘴里读出来，就变得如此有魅力，并且能够让我们终身体认？

我记得曾经有儿童心理学家这样比喻过：拥抱，是宝宝的身体维他命。基于这一认识，我是否可以把“亲子共读”比喻成“宝宝的精神维他命”呢！

我们知道，拥抱孩子，会给他提供足够的温暖，增加他被保护的感觉，增进亲情关系。在这样一种充满温情的氛围中，你读书给孩子听，他就会把读书变成娱乐，就会增进父母和孩子之间的亲密关系，就会在感受读书的乐趣中丰富孩子的想象力。

“亲子共读”不仅是婴幼儿的心理需求，也是对婴幼儿进行启蒙教育的好形式；即使今天有了录音机、电视机、放像机等声光传媒工具，它们仍不能替代“亲子共读”的方式，因为妈妈拥抱着孩子，亲口读书的声音是最有生命力、最亲切的声音。这种亲近的接触，既是身体的，更是精神的。所以，我们可以说，“亲子共读”给家庭提供了一份最宝贵的财富，这就是将文字文化转变为声音文化的文学语言财富。

为了使“亲子共读”收到良好的效果，作家还要有较强的文体意识。作家应当考虑到哪一种文体和结构适宜朗诵和朗读，要把朗读的节奏感和情节的发展紧密地联系在一起。

我们是否可以把“亲子共读”的积极效应概括为这样几点：

1. 它是促进亲情，让孩子感受真爱的方式。

2. 它可以培养婴幼儿的想象力。当孩子望着妈妈，听她读书的时候，声与画的结合，远比字与画的结合要亲切得多；妈妈的声音，可以使画“活”起来，这就是想象。

3. 培养婴幼儿对语言的感受力。当孩子对语言开始感兴趣，他们不是单纯地在学语言、背语言，他们是在“消化语言”“吸收语言”，把语言变成一种乐趣，一种能力，一种营养。我们一定注意到了这种现象，经过日久天长的阅读，孩子可以随着书页的翻动，一字不差地随口说出那一页的文字，他们已经把语言文字“消化”了。

4. 打下学会读书的基础。

这样，我们就需要把“亲子共读”的编创理念具体化，使书更适应“亲子共读”的需求。

我认为，首先要从加强“亲子共读”的观念做起。给孩子读书，不是哄孩子，也不是单纯的学知识。“亲子共读”是一种家庭文化，是维系家庭亲情关系的一种方式。我们出版的每一本幼儿图书，都应力求得到做父母的关注，让他们知道这本书的价值。幼儿是没有选择图书的能力的。幼儿图书的真正第一读者是家长，是老师。

第三个问题，幼儿文学与绘画

绘画对于幼儿文学来说，不是插图，不是图解，更不是可有可无。在直接给幼儿阅读的文学作品中，文学与绘画是二位一体的，你中有我，我中有你。过去古人说：“宣物莫大于言，存形莫善于画。”道出了文学与绘画的各自特长。对于幼儿文学读物来说，二者不是割裂的，而是相融的。

图画书要有一个好的文学基础。我们虽然常说“图文并茂”，但从创作顺序上讲，还是先由文学提出形象、故事、主题，而后由图画完成。即使文与图由一个人完成，在整体构思上也是先有文学底本的。但是，这只是从创作的顺序上讲。当绘画参与了创作时，它不是被动的，而是主动的，它是一种艺术的再创造。

文学通过语言的叙述和描绘，它是连贯的，而图画所描绘的又是“一瞬间”的定格；文学可以通过听觉感知、想象、联想再造形象。但是，对于幼儿来说，这种“再造形象”的能力是有限的，必须图文并茂，视听并举。如何运用绘画的“一瞬间”来表现文学的“连贯性”，这是幼儿文学读物特别需要加以研究的。在我看来，二者的结合，对于文学来说，要写“可见的事物形象”；即使无形的，为便于绘画表现，作家要化无形为有形，化静态为动态。对于绘画来说，如何让欣赏者从“一瞬间”联想到它的过去和未来。莱辛说：“绘画在它的同时并列的构图里，只能运用动作中的某一顷刻，所以就要选择最富于孕育性的那一顷刻，使得前前后后都可以从这一顷刻中得到最清楚的理解。”（见《拉奥孔》）对于幼儿文学创作来说，多写运动中的事物，才能让画家容易抓住“最富于孕育性的那一顷刻”。在幼儿文学创作中，当作家以“文字”为材料进行创作时，他应当想到画家眼中的“一瞬间”，甚至要“割爱”文字，给绘画留出表现的空间。

在题材的选择上，要注意选择孩子和家长有共同体验的内容。贴近孩子们的生活，在感情上容易引起共鸣。让题材具有较浓郁的感情含量，就容易打动人心。

在形象的选择上，要给婴幼儿选择他们经常接触的人、物和动物、植物。

随着对文学教育的普遍认同，幼儿文学必将深入到家庭，与之相适应的必然是幼儿文学创作和出版的全面繁荣。这个图书市场很大，甚至比少年文学、童年文学的市场更大。我们应当有更多的作家、画家参加到这一创作行列中来。

幼儿文学同样需要大手笔。

（原载《中国少儿出版》2000 年第 2 期）

幼儿文学不只是幼儿的文学

最近，忽然想到这样一个题目：幼儿文学不只是幼儿的文学。那么，还会是谁的文学呢？幼儿文学还是成人的文学。

谁是幼儿文学的“第一读者”？依我看，常常是幼儿的爸爸、妈妈、爷爷、奶奶、老师……所以，幼儿文学首先得让成年人感到需要（我没用“喜欢”这个词儿）。成年人作为“第一读者”，他得认为“有用途”。这个“有用途”，既包括思想品德教育方面的、增长知识方面的，也包括审美趣味方面的。总之，在一般情况下，幼儿文学作品得先让“第一读者”看中，得让他们在作品中，有高于幼儿的新发现，并且可以用来辅导孩子阅读，使之充分发挥作用。成年人欣赏幼儿文学作品，不是自娱性的，他们绝不满足于只知道一个故事情节，而是高层次的，是要通过艺术鉴赏，调动主观能动性，用“新发现”来

行之有效地“哄孩子”。就以1985年第二期《娃娃画报》中的童话故事《空中旅馆》为例。故事不长,文字不多,大意如下:

> 冬天,风呼呼地刮。小黄莺缩在枝头发抖。老爷爷看见了,便把小黄莺抱进自己的帽子里,又把帽子放在枝头。许多小鸟都住进了这座“空中旅馆”,暖暖和和唱起了歌。后来,老爷爷因为没有了帽子,他感冒了。小鸟们知道了,便用自己的羽毛给老爷爷编织了一顶帽子。老爷爷戴上帽子,感冒好了,就又戴着漂亮的羽毛帽子来到树林里听小鸟唱歌。

故事本身就很有趣。但除了有趣之外,还能启发读者的进一步思考。这“进一步思考”是“第一读者”最看重的,也是辅导幼儿阅读的重要依据。只有能启发“进一步思考”的作品才可能是较好的作品,对幼儿也不例外。试以《空中旅馆》为例:这篇作品中的人物(小鸟和老爷爷)、事件(互相帮助)以及人物活动的环境、气氛和背景(冬天的树林),构成了吸引读者的诸因素,幼儿在听了(同时也看了画面)以后,会很快进入作品所创造的天地。但是,还得帮助幼儿“进一步思考”,才能使作品发挥更大的作用。我曾就这个问题,请教一位幼儿园的老教师。她看后，告诉我说："如果让我介绍给幼儿看这篇作品，我想在讲述完故事情节之后，提出两个问题：第一个问题是，老爷爷为什么要把自己的帽子摘下来送给小黄莺？第二个问题是，小鸟们为什么要抖下身上的羽毛，给老爷爷做顶羽毛帽？"我认为这两个问题提得都很恰切。如果孩子们能回答得出这两个问题，首先是帮助孩子掌握了故事的内容，因为问题的提出与故事的结构是吻合的，更重要的是让孩子们领会了作品的含义，挖掘出了故事深层的内涵，而这正是帮助幼儿欣赏文学作品不可忽视的重要环节。

这一期《娃娃画报》上还登了一篇故事《巧克力树》，说的是这样一个故事：

莉莉在花盆里种了一棵小树，她悄悄地拿一颗巧克力，挂到树枝上。第二天早上，小朋友发现了，都很奇怪。过了一天，小树又长了几颗巧克力。后来，小树长满了巧克力，成了一棵巧克力树。莉莉说，把它送给老师吧！小朋友们想：老师见到了巧克力树，会怎么说呢？会怎么做呢？

故事是以提出问题的方式结束的。这篇故事比上一篇要深一些，启人思考的问题也较多。有些情节"似是而非"，但也许正是这些"似是而非"，蕴涵着启人思考的内容吧!

如果让我辅导孩子们欣赏这篇作品,我会首先问他们:小树真的长满了巧克力吗?我估计十个孩子有九个会回答:是假的!因为故事在前面已做了交代,是莉莉“悄悄地拿一颗巧克力,挂到树枝上”的。那么,当小树“长”满了巧克力以后,为什么小朋友都叫起来:“巧克力树!巧克力树!”他们为什么这么高兴?既然是假的,为什么还要送给老师?这是一个需要成年人读者进一步思考,并启发孩子也思考的问题。应该启发孩子们想到:他们送给老师的是通过巧克力树所表达的爱,还有一种创造发明后的自豪和喜悦。作者通过孩子的表情动作刻画了这一点,因而故事才有浓郁的情趣和韵味。

这篇故事的结尾,设计了两个启发思考的问题:“老师见到了巧克力树,会怎么说?会怎么做呢?”这两个问题是让孩子代替老师回答的,让孩子猜测成年人想些什么,我估计难了些。况且,老师如果回答这两个问题,也不一定是孩子们最关心的问题,所以这种“越俎代庖”,可能是孩子力所不及的,因而也削弱了故事结尾的吸引力。

另一篇《老鼠请客》说的是,红老鼠请客,房间小,门也小,青蛙和小松鼠都能进去,惟独大狗熊进不去。红老鼠感到“这样请客,太对不起狗熊了”。于是,作者提出了一个问题:“小朋友,你猜猜,红老鼠想出了什么好办法?”最后一幅画页上画的是,红老鼠把食品都从屋里搬到草坪上,大家一起高高兴兴进餐。作者最后又进一步提出问题:“红老鼠想的办法好吗?”

我觉得这些问题的提出,都是沿着故事情节发展的内在逻辑、直线发展的顺序提出来的,脉络清晰、情节连贯,也是小朋友最关心、最想知道的问题,因而,小朋友们会有兴趣动脑筋,尤其是最后一问“红老鼠想的办法好吗”,不但可以启发孩子们集思广益,想出一些比红老鼠更好的办法,甚至父母也可以有“用武之地”,可以和孩子们在一起平等地讨论,互相启发,互相补充,在探讨之中,不知不觉地受到了教育,启迪了智慧。

幼儿文学虽然常常讲述一些小猫小狗的小事情,但它们会深深地埋藏在幼儿的记忆中。给幼儿创作的文学作品,除了要浅显易懂、趣味盎然,也要在照顾幼儿理解力的前提下,有一定的内涵、有一些暗示性,能调动幼儿欣赏的主观能动性,才能使优秀的幼儿文学作品具有感染读者的持久性,使他们在长大成人以后,还能唤起新的记忆,温故而知新。从这个意义上说,幼儿文学,不只是幼儿的文学。

(1987 年 5 月写于北京,原载《幼儿读物研究》1987 年第3 期)

关于儿歌创作的几个问题

一、儿歌是不是诗

茅盾先生生前在上海出版的《儿童诗》第二期上发表过一篇题为《对于儿童诗的期望》的短文，文中写道："儿童诗也是最难写得好的。它不是儿歌，而是儿童诗。"这几句话曾引起儿童诗作者的关注，启发了他们的思考：儿歌是不是诗？因为茅盾先生认为儿童诗"不是儿歌"，那么，儿歌自然也就不是儿童诗了。

儿歌是不是儿童诗，要从创作的实际出发，通过对具体作品的研究才能得出一个科学的结论。

儿歌，古代称之为"孺子歌""小儿语""童谣"。"五四"以后称之为"儿歌"。儿歌以口耳相传的方式传播，"一儿习之，可为诸儿流布"；它又以动听的韵律、浅显的语言、风趣的内容，使儿童永志不忘，所谓“童时习之，可为终身体认”。这都说明优秀的儿歌有其独特的艺术魅力。

但是，儿歌为什么又常常被排斥在诗之外呢？这又有其历史的根源和自身艺术质量的原因。

在古代关于童谣的研究中，有的作了荒诞的歪曲，认为童谣是借儿童之口表现人间灾异祸福的一种“咎征”。因此，有一些童谣是为某种政治目的而杜撰，或将某些民间流传的童谣加以篡改，并给予牵强附会的解释，这一类童谣，当然已失去了儿童“出自胸臆”的固有的稚朴和天真。

还有一类儿歌，其“实用性”十分明显。这类儿歌，有的以直白的语言向儿童进行某些道德规范的训诫，有的利用儿歌形式为某些方针政策作政治宣传，有的是为传授各种生活知识，有的是为做游戏时协调动作，有的就是为学习数数，或练习发音等等。总之，在民间童谣以至于现当代创作的不少儿歌作品中，确实存在着注重“实用性”忽视“艺术性”的情况。尽管如此，这类有“实用价值”的儿歌，仍被不少教师和家长采纳，用来作为他们对婴幼儿进行启蒙教育的教材。因为儿歌这种形式，最易于被较小的孩子所接受，也是教师和家长进行某种具体教育的最轻便的“工具”。

但是，我们也得承认，这类儿歌多数“质胜于文”，缺乏文采，缺乏独创的艺术性，大多是借了某些固定的格式，动听的韵律节奏，即听觉的愉悦来传达一个道理或某些知识。

记得在20世纪50年代初，曾流行过这样一首儿歌："猴皮筋，我会跳，'三反'运动我知道：反贪污，反浪费，官僚主义也反对！"这样的儿歌，一听就知道，它既是协调跳皮筋游戏动作的，又是向儿童灌输"三反"运动含义的有实用价值的儿歌。

我想，被列在儿童诗之外的，大约就是这类儿歌吧。一般地说，这类儿歌在内容上都有明显的说教特点，在语言上不太讲究，很像顺口溜，但在形式上还能做到上口、易记、易唱。

如果以文学的标准要求儿歌，把儿歌纳入到诗的艺术殿堂，那么，这类说教味太浓、顺口溜式的儿歌，恐怕是难以达到诗的标准的。

我理解茅盾先生所说的不是诗的那种儿歌，大约就是指这类儿歌吧！

我觉得这一问题的指出，有助于我们对于儿歌创作提出更高的要求，从而让儿歌成为一种独特的诗。

二、要把儿歌当诗写

在整个幼儿文学中，诗歌这种样式，向来是包括"幼儿诗"和"儿歌"这两种。前者是指那些在内容上较儿歌容量大，在形式上比较自由，适宜年龄稍大的幼儿朗诵和欣赏的“自由诗”；后者是指内容更单一、更浅显，在形式上较多受韵律制约、适宜年龄较小的婴幼儿诵唱的“半格律诗”。

这里我想主要谈谈儿歌的创作问题。

我们既要承认儿歌有其“实用性”的一个方面，又要强调其“文学性”。二者并不矛盾。

把儿歌提高到诗的品位上，正是为了让幼儿在文学的熏陶中受到教育，认识生活。

我们常说儿歌要有“儿歌味儿”，我想这正是为了突出儿歌所特有的文学特质。我们从大量成功的儿歌作品中（包括民间传统童谣）已感受到了这种“儿歌味儿”。

但“儿歌味儿”体现在哪些方面呢？

首先，儿歌应当紧密贴近幼儿的实际生活。大凡易于被幼儿喜欢并能很快记住的儿歌，都是反映他们实际生活的，都是符合他们的思维特点和审美趣味的。如果与他们的实际生活有距离，所反映的内容使他们感到陌生或不易理解，那么即使教育性、艺术性再强，也难于被他们所接受。

有些儿歌为了追求题材的分量或教育的深刻性，常常在儿歌中出现抽象的概念和枯燥的说教，这样的儿歌不是从孩子们的实际生活中来，理所当然地会受到他们的冷落。

其次，“儿歌味儿”还应体现在浓厚的情趣上。儿歌应当带给孩子们快乐，有时是幽默带来的捧腹大笑，有时是揶揄带来的开怀大笑，有时又是优美带来的会心微笑。总之，儿歌应当是明快的、风趣的。

像民间传统童谣就常有一种诙谐、滑稽的意味，诸如“滑稽歌”、“古怪歌”以及“反唱歌”等等，都能让孩子们在笑声中得到艺术享受，培养了他们的幽默感，启迪了他们的机敏、智慧。

再次，“儿歌味儿”还应当体现在顺口美听上，从听觉上得到美感。顺口美听除了表现在内容浅近和语言通俗方面，还常表现在节奏押韵方面。但在这后一方面，我们不少儿歌在写法上还比较拘谨，缺乏创造性。

一般常见的手法大多是三三七的句式或是三字句、五字句；押韵也多遵循着“一韵到底”的模式。其实在节奏和押韵方面，本可以有很大的灵活性。打破节奏上的呆板和“一韵到底”的模式，反而会使儿歌在音乐性上显得活泼灵动，别具一种新鲜悦耳的音乐性。在这方面，只要细心地研究一下民间传统童谣，你就会发现这些童谣的节奏富于变化而又统一，韵脚也是在变化中又有规律可循。

还有一点，就是在形式上还要多借鉴民间传统的童谣。传统童谣在世世代代的口耳相传中逐渐形成了一定的传承性，即一定的手法和格式，如摇篮歌、数数歌、绕口令、问答歌、连锁调、颠倒歌、谜语歌等等;在艺术手法上也多用拟人、重叠、反复、起兴、排叙、夸张、对比、问答、幻想等等。这些格式和技法是在一代代人不断流传、不断革新变异之中,逐渐形成并为儿童所喜闻乐见,也是最能显示“儿歌味儿”的重要标志。我们创作新儿歌,不能不借鉴这些格式和技巧。

可以毫不夸张地说,不重视民间传统童谣的传承性,就很难写出真正有儿歌味儿的新儿歌。从这个意义上说,儿歌不是“自由诗”,而是十分讲究艺术技巧和格律要求的另一种诗体。

总之,既要把儿歌当诗写,又不能失去“儿歌味儿”,这样,才能显示儿歌独特的艺术美,才能真正被幼儿喜闻乐见,活在他们的口上,记在他们的心中,以至代代口耳相传,具有经久不衰的艺术生命。

三、目前儿歌创作和出版方面的问题

我们有一个丰富的民间传统童谣的宝库可以借鉴,我们也有一些作家在儿歌创作方面做出了成绩。但是,近些年儿歌创作的发展是较缓慢的,对儿歌创作重视的程度也不够,我认为主要表现在这样几个方面:

一、儿歌作为一种独特的文学样式,为它能把较多的精力用来从事创作,并写出较有影响的儿歌作品的诗

人还不多。

记得20世纪50年代，刘饶民以他毕生的精力从事儿歌创作，给我们留下了相当丰厚的精神财富；还有像金近、鲁兵、圣野、张继楼等作家、诗人，也都写了相当数量的好儿歌，流传在孩子们的口头上，在他们幼小的心灵上，播下了第一颗文学的种子，陶冶了一代又一代人的情操。

现在，能以较多的精力从事儿歌创作的人似乎越来越少了，即使有人写了一些儿歌，也往往是浅尝辄止，没能坚持下来。有的人即使写出了一定数量的儿歌，也由于钻研不够，功力不足，而没能在这片还不够丰腴的土地上取得丰硕的成果。

二、有些纯文学的刊物似乎也冷落了儿歌。儿歌本来也是儿童文学中重要的样式之一，它理应在儿童文学园地上占有一定的位置。但是，它现在却像一株瘦小的花朵，开在不显眼的一隅。

我记得五六十年代，像《人民文学》《诗刊》这样的大刊物，也曾以一定的篇幅刊登儿歌。而现在，即使是幼儿刊物，有的也不能给儿歌应有的一席之地，时常是在童话、故事的边边角角填上一两首儿歌作为“补白”之用。这种状况很容易给人这样一种印象：儿歌像小菜儿，上不了大筵席。

三、这几年，儿歌大有被幼儿诗替代的倾向。幼儿诗发展较快，出现了一些好作品，这诚然可喜，但是，幼儿诗还不能替代儿歌。从这一点来看，我们也可以这样说，幼儿诗“不是儿歌”。

首先，从读者年龄上讲，幼儿诗的读者对象是年龄偏大的幼儿（幼儿园大班的孩子和小学低年级的学生），儿歌却可以给牙牙学语的婴儿听赏和诵唱。

其次，在内容上，幼儿诗的容量较之儿歌要大一些，儿歌在选材上更集中、更单纯。

再次，在欣赏习惯上，幼儿诗侧重于通过“听赏”或“默读”（小学生已识字）而受到熏陶，儿歌则是侧重于通过“诵唱”而得到愉悦；前者重在心灵上的感受，后者重在口头上的参与。

现在虽然幼儿诗创作发展较快，也有不少好作品，但对于年龄偏小的婴幼儿来说，他们还是盼望有更多的好儿歌给他们。

四、从出版的情况看，这几年儿歌集的出版销路不错。在出版的形式上，趋于作品数量上的多而全，似乎都在努力争取出一本能囊括所有儿歌精品的“大全”。但是，我们也不难发现，由于大家都把注意力集中在这样一个“热点”上，自然很容易重复出版。因为儿歌的精品毕竟是少数，各选家必定都会去选它；有一两个选本重复还勉强可以，如果几十本儿歌集都来重复，这就是一个问题了。

现在儿歌集出了不少，但从目录上一看，便会发现这些重复的篇目，不过是又进行了一次新的排列组合，诸如动物儿歌、植物儿歌、知识儿歌、德育儿歌等等名目繁多。尽管这些分类是科学的，但由于从总体上看重复太多，仍会给人一种陈旧之感。

重复出版刺激不了儿歌创作，新的儿歌作品就会越来越少。这个问题应当引起注意。

基于上述情况，我觉得出路在于繁荣儿歌的创作，多出好作品，改变炒冷饭的现状。

（本文系作者在幼儿读物研究会第二次代表大会上的发言，1990 年 12 月整理于北京，原载《儿童文学研究》1991 年第 5 期）

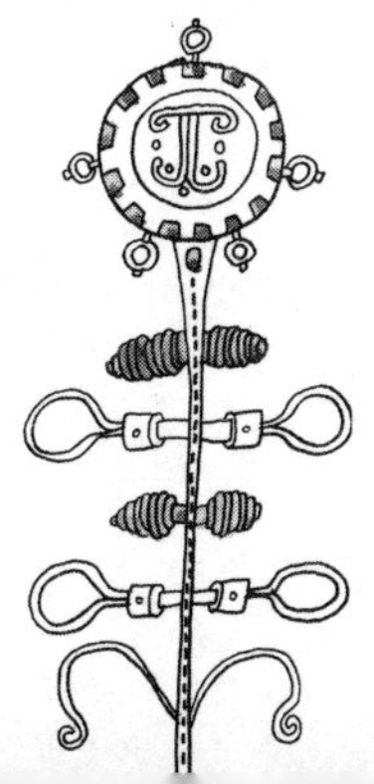

幼儿诗歌的音乐性

诗，也许是一个人接触最早而又能伴随其度过终生的一种文学样式。如果我们能回忆一下感知第一首诗的经过，那该是一件有趣的事。记得在我刚刚学说话的年龄，母亲曾为我唱过这样一首童谣：

拉箩箩，扯箩箩，
收了麦子蒸馍馍：
蒸个黑的，
放到盔里；
蒸个白的，
揣在怀里。

那时候，我和母亲面对面坐着，手拉着手，一来一去地拉着，一边拉，一边唱。当唱到最后一句"揣到怀里"，母亲便猛地把我揽入怀中，我们就在笑声中结束了这首童谣的诵唱。

多年来，我常常想，这样一首看似平常的童谣，为什么能“童时习之，可为终身体认”？其艺术魅力何在？

我认为幼儿诗歌是一种与音乐的感觉最为紧密相关的文学样式，它首先从听觉上给幼儿以愉悦。仍以前面所举童谣为例，诗的开头是三三七的句式，这种句式的节奏给人以鲜明有力的感觉，押的又是脚韵，读来紧凑连贯。诗的后四句，句式变成了四字句，节奏整齐舒缓，两句一转韵，而且是在句中押韵，韵脚灵活跳脱。整首诗读来，有一种错落有致的音乐美。

音乐美，可以说是引导孩子进入诗的花园的一位向导。伴随着这种音乐的美感，他们开始领略诗中跃动的形象、纷呈的色彩，甚至可以手之舞之，足之蹈之，做起有趣的游戏。

给幼儿写诗，读者的年龄越小，越爱注意音乐性。他们感知诗的方式，总是借助于听觉。听觉的感知比之于视觉的感知（阅读）要更直接、更迅速、更强烈。作者应当遵循幼儿这个感知的特点把诗写得富于音乐性。

我一直这样认为，幼儿诗歌是一种听觉艺术，它虽然也和其他文学作品一样印在纸面上，但这些书的服务对象常常并非“读者”而是“听众”，他们对于声音不但敏感，而且要求悦耳，这就是诗的音乐性。

诗的音乐性必须以语言的规范纯洁为基础，并在这一基础上要求自然、简洁、流畅。

作者要努力提炼儿童的口语。口语入诗对幼儿诗歌来说极为重要，它不但可以在语言上深浅适度，而且可以使小听众立刻感受到诗的音乐性，而不至于因为用词的生僻、语言的拗口而切断幼儿在听觉上的“声音之流”，以致阻塞思维的连贯性。

作为听觉艺术的幼儿诗歌，它要求这“声音之流”随着时间流驶并组织着听者的思维。可以这样说，一首诗从第一句起，就在组织着幼儿的思维。这就要求在语言上，起码要让人听得懂、喜欢听，“乐闻易晓”是对幼儿诗歌在语言上的基本要求。诗要求语言的纯洁流畅，正如清亮的溪流不容许有半点污浊，悦耳的乐曲不容许噪声的干扰。

要检验幼儿诗歌语言的音乐性，最切实可行的办法，就是在写完之后多朗读几遍，看它在小听众的听觉上引起怎样的反映。请你读一读圣野的《扮老公公》这首诗：

老公公，
出来了，
白胡子，
白眉毛，

点点头，
弯弯腰。
脚一滑，
摔一跤，
一摸胡子掉下了，
乐得大家哈哈笑。

这首诗的情趣，固然来自作者的选材和构思，但也不能忽视它语言上的音乐性。作者用了一连串的短句，几乎每一句都写了动作，突出了小主人公动作的紧凑和连贯；诗中很少用副词和形容词，这就避免了拖泥带水的细枝末节，因此使得这首诗的“主旋律”很突出。这首诗的语言简洁洗练，因而坚实有力，具有艺术的表现力和音乐性。

幼儿诗歌要写得便于听，这决不仅仅表现在音韵节奏上，它还体现在内容的安排上。无论是叙述，还是描写，都要丝丝入扣，有条不紊，诗的内容像渠水一样，自然而然地流进了他们的心田。

小娃娃刚入托儿所，人生地不熟，开头总是又哭又闹。怎样哄劝他们？你看郑春华的一首小诗《新来的小朋友》：

新来的小朋友，

快不要哭！

你看小熊也不哭，
你看小猫也不哭，
不哭不哭都不哭。

短短的五行诗，重复了六个“哭”字，而且韵脚都押在这个“哭”字上，读来不但没有絮烦的感觉，反而能让人体会到劝说者那种耐心的口吻和真挚的感情。开头两句“新来的小朋友，快不要哭”虽是一般的劝止，但一个“快”字已预示着“不要哭”的充足理由，因为“你看小熊也不哭，你看小猫也不哭”。这两句诗选取了身边最常见的玩具，好像顺手拈来，却是精心选择了孩子们最亲密的伙伴，也是最有说服力的事物。也许那个小娃娃看见小熊不哭，小猫不哭，他自己也就不哭了，最后大家“不哭不哭都不哭”了。

这首小诗在内容的安排上很有层次，诗中多次反复“不哭”，使小读者在规劝声中，逐渐扩展着他们的视野：从自身的“快不要哭”，扩展到身边的“小熊也不哭”、“小猫也不哭”，进而又扩展到大家“都不哭”。

这首小诗的音乐性首先体现在用词和句式的反复上，造成一种回环的声音美。除此之外，我们还应看到，在声音美的感受中，随着视线的延伸，呈现出一系列有趣的形象。声音的流动、视线的延伸和形象的展现达到了和谐的统一。

当你为幼儿构思一首诗歌的时候，你要考虑到伴随着“声音之流”展现出一幅幅连贯的画面，组成“声音的图画”，你不妨读读黄庆云这首题为《摇篮》的诗：

蓝天是摇篮，
摇着星宝宝，
白云轻轻飘，
星宝宝睡着了。

大海是摇篮，
摇着鱼宝宝，
浪花轻轻翻，
鱼宝宝睡着了。

花园是摇篮，
摇着花宝宝，
风儿轻轻吹，
花宝宝睡着了。

妈妈的手是摇篮，
摇着小宝宝，

歌儿轻轻唱，

宝宝睡着了。

这首诗悦耳动听的声音美自不必说，它伴随着“声音之流”所展现的画面是如此的开阔和绚丽。从“蓝天”到“大海”到“花园”，一直到“妈妈的手”，作者选取了它们之间的共性，由上到下，由远到近，依次排列，把人世间最深挚的爱抚淋漓尽致地表现出来。最可贵的是作者从生活中发现了这些事物之间的内在联系，运用巧妙的比喻，将深刻的思想感情与优美的画面以及音乐的旋律进行了自然的结合。

在这首诗里，音调节奏对诗所抒发的思想感情给予了象征式的表现。词汇的重复、句式的相同造成一种声音的回环；韵脚选了“遥条”韵，又烘托出一种甜美柔婉的气氛。重叠复沓的句式和柔美的音韵所表现的乐感，直接服务于画面的更替，每一幅画都以相同的旋律唱出，画面与音调，你中有我，我中有你，达到了高度的和谐统一。

为了突出诗的音乐性，作者在构思一首幼儿诗歌的时候，他不应“沉默”，他总是伴随着韵律节奏来安排情节，组织词句，推敲字眼；这就是说，作者应努力寻求到那种与诗的内容相和谐的乐感。任溶溶在为孩子们创作诗歌时，总是很注意节奏的安排，他的《我给小鸡起名字》尤为突出：

一二三四五六七，
妈妈买了七只鸡。
我给小鸡起名字：
　小一、
　　小二、
　　　小三、
　　　　小四、
　　　　　小五、
　　　　　　小六、
　　　　　　　小七。
它们一下都走散，
一只东来一只西。
于是再也认不出：
谁是小七、
　小六、
　　小五、
　　　小四、
　　　　小三、
　　　　　小二、
　　　　　　小一。

诗的开头是叙述的口吻，用的是七字句式。最突出的是作者一连用了那么多二字句，表现了小娃娃天真活泼、蹦蹦跳跳的神态。由此可以看出，节奏可以帮助显示情节的进展，可以唤起你的注意力，只要听到这短促有力而整齐的节奏，你无须多加思索，它便能帮助你直感地领略到小娃娃喜爱他的每一只小鸡的情趣。

鲁兵的童话诗总给人一种鲜明的乐感，因为他很注意语言的流利和节奏的安排。他的童话诗《小老鼠变大老虎》，讲的是一只小老鼠，为了避免受欺侮，哭诉着请求老公公把它变成一只大花猫：

呜呜呜，
呜呜呜，
要是我能变花猫，
我就不会再受苦。

于是“老公公/朝它吹口气：‘呼——’/它呀，/一眨眼变成大花猫，/‘喵呜，喵呜——’”。

谁知它变成了大花猫，又受到黄狗的欺侮，于是它又向老公公哭诉着：

呜呜呜，
呜呜呜，

要是我能变黄狗。
我就不会再受苦。

这里作者用了反复的手法，一是模拟小老鼠的哭声，一是用相同的句式一再提出要求，表现出小老鼠可怜的处境。但是，最后当老公公把它变成大老虎的时候，它却去欺侮别的小动物了：

吓得花猫钻洞洞，
吓得黄狗进鸡屋，
吓得山羊跳过墙，
吓得公鸡飞上树……
“喵喵喵……”
“汪汪汪……”
“咩咩咩……”
“喔喔喔……”

作者知道在推进情节紧张地、急速地向前发展时，不必去写那么多细节，只需用快速紧促的节奏来提醒读者，所以这一段用了排比句和模拟各种小动物惊恐的叫声，造成一种慌乱的气氛。

最后，当小老鼠竟狂妄地说：“我先吃了你这老头儿，再来收拾那些小动物”的时候：

老公公
朝它吹口气:“呼——”
它呀,
一眨眼又变成小老鼠。

这里又恢复了一种平和舒缓的语调,刻画出老公公镇定自若的神态。

仔细地体味一下这首童话诗的韵律节奏是很有趣的,可以看出,节奏的变化是推动情节发展的一种手段。给幼儿写诗,不必用那么多华丽的词藻和修辞手法。这首诗一韵到底,造成全诗情节的连贯和音调的和谐统一;又用节奏的变化来暗示和说明情节的曲折发展和高潮低潮的变化。

别林斯基在《新年礼物》一文中曾经说过:“音乐对儿童富有很美好的感染作用。他们亲身体验这种东西愈早,对他们愈有好处。……音乐能给幼小心灵插上灵巧的翅膀,使其能从低洼的山谷扶摇直上,达到那灵魂向往的快乐国度……”我认为,幼儿诗歌是一种与音乐感觉有密切关系的文学样式。为幼儿创作诗歌,不是“写”出来的,是“吟”出来的,是“唱”出来的。诗人在进入创作的精神状态时,应自始至终保持着音乐的感觉,来构思诗篇、安排情节、推敲字句。诗人在创作时,他应当用“内心的耳朵”倾听自己心灵的声音,并把这种声音融进自己的诗篇，使他的诗篇插上音乐的翅膀。

在即将结束我这篇文章的时候，我蓦地想起：我上面引用过的几首短诗，差不多都与音乐有不解之缘，它们几乎都被作曲家们所看中，为之谱曲，并早已在孩子们中间传唱了。即使那首较长的童话诗《小老鼠变大老虎》虽尚未谱曲，但我相信，作曲家也一定会喜欢它，只需稍加变动，就能成为一出载歌载舞的小剧。这一事实大概也能说明幼儿诗歌与音乐的亲缘关系吧！

幼儿的诗，音乐的诗，飞翔的诗！

（1985 年 6 月于北京，原载《儿童文学研究》1987 年第 24 期）

鼓励幼儿口头文学创作

幼儿喜欢听故事,听多了也喜欢编故事。家长要多鼓励他们进行这种“口头文学创作”。孩子们听故事是游戏,编故事也是游戏,而且是一种互动的游戏。因为有人听他讲故事,就是在欣赏,就是在肯定。如果还能得到夸奖,这就是成功。孩子心里有了一种“成就感”,该是多么快乐的事!

幼儿从三岁开始,就可以比较完整地表达意思,所以此时正是使用语言、学习语言、丰富语言的好时机。

鼓励幼儿编故事可从多方面入手。

利用已知的故事,通过联想来编新故事,这是一种好方法,这种方法用起来方便,就是我们常说的把故事延续开来,或者在原有的故事启发下,利用其中的一个细节或是某一两个人物重新编故事。比如《小老鼠玩电脑》中有两个人物:“小头爸爸”和“大头儿子”,在这篇故事中，他们虽然是陪衬人物，但起到了很好的启迪作用，故事就是从这父子俩玩电脑开始引出了小老鼠的故事的。这种编故事的方法很方便，很快捷，也容易引发兴趣和共鸣。我猜想编《小老鼠玩电脑》的小朋友，一定听过郑春华的《大头儿子和小头爸爸》的故事，他一定烂熟于心，所以能即兴生发。这是一种容易操作的方法。

还有一种方法，就是启发孩子从自己经历过的事情中找素材，编故事。用这种方法，可以锻炼孩子细致观察的能力，可以培养孩子细腻体验的感觉。

仅有三岁半的孔聿小朋友编了《气球妈妈》。这是一篇很细致、很感人的故事。作者把自己的感情体验写进去了，因此很真实，很生动。故事情节虽然很简单，但因为写得带感情，就有趣。由此可见，带着感情编故事，不但能感动听故事的人，也能培养自己体贴待人，关心他人的好品质。

当然，用得最多的方法还是通过想象和联想来编故事。这样编出来的故事，虽然也是受其他故事的启发，或者生活中遇到了什么事情，通过“艺术加工”编出来的，但它不露痕迹，是一篇全新的故事。比如《外国猪和中国象》，你很难说它是从哪一篇童话中脱胎出来的，那些人物，那些情节都是全新的，你甚至会感到很新奇，小作者怎么会一会儿天上，一会儿地下，都是一些难以预料的故事。

还要说一说如何面对孩子的口头故事，很简单，就是两个字：尊重。

孩子讲故事时，你一定要注意听，眼睛要望着他，要面带表情地、专注地听，不能心不在焉，更不能似听非听，或一面听一面做别的事情。

如果他编得精彩，还要给予充分的肯定和赞赏，给他一种“成就感”。即使他讲得很一般，也不要全盘否定，而是先要肯定比较好的地方，哪怕一个细节，一句话，一个比喻，一个词，都要先给予肯定，然后再以商量的口气帮他修改故事。以这种态度辅导孩子讲故事，才不会挫伤他的积极性。

如果你能把孩子讲的故事录下来，然后和他一起听，一边听一边修改，也是一个很便捷的方法。

当孩子讲了一个很好的故事，不是听完了就扔在一边了，而是要帮他记录下来，一篇篇，日积月累，编辑成他的“第一本书”。从中挑选更好的，还可帮他投稿，让更多的读者读到他的创作。

总之，鼓励幼儿口头创作，是一件有趣的事情，也是一件细致的工作。在一个家庭里，如果家长注意到培养孩子口头创作的能力，不仅是一种乐趣，也是一种责任。当孩子长大了，想起当年编的故事，看到他的“第一本书”，可以说，那是他创造的第一笔珍贵的精神财富，他可以终身受益。

附:“幼儿口头创作故事”点评

气球妈妈

孔　聿(三岁半)

我上街去买了一只大气球,走到半路上,气球飞走了。但是我没有哭,因为我知道,气球想妈妈了。我想妈妈的时候就去找我的妈妈,小朋友想妈妈的时候就去找小朋友的妈妈,气球想妈妈的时候也要去找气球妈妈的。我看着气球在天上飞呀飞,我对气球说:“气球,你去找妈妈吧!找到妈妈代我问你妈妈好。你就说:‘有个叫孔聿的小朋友想认识你,有空的时候请来看看孔聿,好吗?’”气球飞远了,我看不见她了,我想她一定已经找到妈妈了。说不定妈妈正抱着她亲她呢!

【金波点评】

这篇出自三岁半小朋友之口的故事很让人感动。他的所有想象都表现了他的善良和爱心。“气球飞走了。但是我没有哭”,不但没哭,他还很善解人意,他认为这是“气球想妈妈”,是去找她了。他的想象来自于他的以及更多的小朋友的感情体验。如果说前半段表现了孔聿小朋友对“气球飞走”的理解,那么后半段故事的发展,“代我问你妈妈好”,以及他更具体、更美好的想象:“我想她一定已经找到妈妈了。说不定妈妈正抱着她亲她呢!”就更充分地表现了他感情的细致入微。我们应当鼓励幼儿多多创作这样的故事,让他们在自己的故事中受到爱的教育。

我和蚂蚁

冯志远(四岁半)

我在草地边上,看见一只蚂蚁爬来爬去,它的肚子中间好细,肯定是饿了。我捉了只虫子给它吃,可是它搬不动虫子。我就给它帮忙,可是不小心压伤了它的腿。它趴在地上爬不起来啦!我说:“对不起,我不是故意的。妈妈说‘勇敢的孩子不哭,在哪里跌倒了就从哪里爬起来’。你快起来回家吧!”

过了一会儿,它爬起来了。它爬呀爬呀,爬进了一个小洞里,我看不见它了。我想:它一定回去找它妈妈了。这时候它肯定躺在床上,它妈妈已经给它那条好痛的腿搽了药,而且它还吃了好多好多饭补身体。它明天就能起来跟我玩了!

【金波点评】

这篇故事最鲜明的特点是:作者用第一人称“我”来写故事。每一个情节都好像是作者亲身经历过似的。故事的前半部分写“我”做过的事情:帮助一只小蚂蚁,捉虫子给它吃,又“不小心压伤了它的腿”,又鼓励它“勇敢的孩子不哭”，等等，字数不多，写得很曲折。后半部分写“我”的想象：不但想象出它妈妈如何爱它，小蚂蚁回到家里，“肯定躺在床上”，它妈妈“给它那条好痛的腿搽了药”。而且还给它“吃了好多好多饭补身体”，它“明天就能起来跟我玩了”。想象的内容也是那么具体有趣。我们要爱护孩子的想象力，鼓励他们编故事。编故事，对于孩子来说，既是快乐的游戏，又是增长智慧的学习。

小象一家

王臻炜（五岁）

有一只小象，他爸爸被坏猎人打死了。后来，为了保护小象，象妈妈给他找了一只老鹰做爸爸。

一天晚上，小象正在睡觉。天特别黑，月亮感冒了，没有出来上班。一只千纸鹤魔鬼趁机来到小象家，想把小象吓死。瞧，千纸鹤魔鬼已经飞到小象的床边来了，幸好老鹰爸爸听见了，及时赶了过来。老鹰爸爸用嘴巴狠狠地啄魔鬼。魔鬼被啄疼了，慌忙逃走了。

小象得救了。他高兴地对老鹰爸爸说：“谢谢你，你是个好爸爸！”

【金波点评】

这个故事编得很单纯，脉络清晰，有头有尾。简单的情节，表达了作者美好的心愿。他痛恨“坏猎人”打死了小象的爸爸,“为了保护小象,象妈妈给他找了一只老鹰做爸爸”。故事的重点是写老鹰爸爸如何保护小象。在一个“天特别黑”的晚上,飞来了一个“千纸鹤魔鬼”。“想把小象吓死”,“老鹰爸爸听见了,及时赶了过来”,“用嘴巴狠狠地啄魔鬼。魔鬼被啄疼了,慌忙逃走了”。结尾用小象的口吻道出了:“谢谢你,你是个好爸爸!”在孩子的心目中,妈妈善良,爸爸勇敢,孩子得到保护,就会有一个幸福的家。这就是孩子对家的理解吧!

小老鼠打电话

闫冬好(五岁半)

主人还没有回家,小老鼠想,如果我能够去听听电话,该多好哇!

7358061!丁零零,对方把电话拿起来了。“喂,这里是干洗店,你要洗什么都行!”一个好听的女人的声音。小老鼠赶紧说:“我要把我的毛衣洗洗干净!”“对不起,您说的我一点都听不懂。您的声音听起来像老鼠叫。”说着,那人“啪”的一声,把电话挂了。

“不行,我要再试一试!”小老鼠又拨了一通电话。8391039!这回接电话的是一个大嗓门的男人。“这里是大杂货店。我们有花生、蛋糕、火腿……”小老鼠高兴极了,连忙叫道:“花生、蛋糕、火腿,都是我爱吃的东西,快给我送来吧!”“喂喂喂?你说什么?你说话怎么像老鼠叫?”那人说着,也“啪”的一声把电话给挂了。

哎,小老鼠生气极了,怎么他们都听不懂我的话呢?

【金波点评】

这篇故事是用小老鼠的口吻讲的故事,通过打电话中简单的对话,就把小老鼠好奇、可笑的性格表现出来了。故事写了小老鼠两次打电话的情景:第一次电话打到了“干洗店”,传过来的是“一个好听的女人的声音”。第二次电话打到了“大杂货店”,“接电话的是一个大嗓门的男人”。两次电话都因为“像老鼠叫”,“都听不懂”,对方“‘啪’的一声把电话给挂了”。闫冬好把两次电话中的对话,写得绘声绘色,把小老鼠、“干洗店”女人、大嗓门的男人,都写活了。幼儿编故事,一般来说,都是叙述,不善于写“对话”。这篇故事,能把“对话”写得这么生动活泼,主要用“对话”来展开故事情节,是很难得的。

兽中之王

闫迈可(五岁半)

有一只小羊,长得很瘦,也很胆小。可是有一天夜里,它却做了一个很大胆的梦。它梦见自己变成了一只大老虎,成了森林里的兽中之王。

小羊醒来后,走进了大森林,遇见了一只老狼。小羊太小了,老狼张开血盆大口,一口就把小羊吞进了肚子里。起初，小羊害怕极了，可是后来，它想起了自己做的那个梦，就大起胆子，在狼肚子里又踢又踹，把老狼的心脏弄碎了。老狼死了，小羊从狼嘴里跳了出来。“哇，我竟然打败了老狼，我真的是兽中之王啊！”从那以后，小羊再也不胆小了。

【金波点评】

小羊一向胆子很小，可是这只小羊却变成了“兽中之王”，怎么变的？是由于做了一个梦。你说奇不奇？但小羊毕竟是小羊，最后还是被老狼“吞进了肚子里”，这似乎又不算“奇”。如果故事写到这里，也就没什么意思了。可是闫迈可小朋友又把故事编得更有趣了：它的梦给它壮了胆，它“在狼肚子里又踢又踹，把老狼的心脏弄碎了”，老狼死了。这又是一“奇”。最后“小羊从狼嘴里跳了出来”，这又是一“奇”。这个故事就是这样，老是让你感到意外，这就是靠了孩子的幻想让故事变得有趣好玩。

敢吃老虎的小白兔

迟昊（五岁半）

小白兔用面粉捏了一个面老虎。然后，它把面老虎放在火上烤。突然，那只面老虎活了，从小白兔家中跑了出来。老虎张开大嘴，样子好可怕，小动物们全都吓坏了。小白兔赶紧跑出来，说：“大家别怕，我来吃掉这只老虎！”小动物们听了，都摇头不相信。老虎说：“难道你不怕老虎吗？”小白兔说：“你是个面团老虎，我不怕你！”小动物们一听，哈，明白了，原来这是个用面团捏出来的老虎啊！于是都扑上去咬。小白兔也扑了上去。不一会儿，面团老虎就被大家吃掉了。

【金波点评】

一看这个题目，就很吸引人，就想看下去。故事情节的发展也很曲折。面捏的老虎在火上一烤，竟活了，还“从小白兔家中跑了出来”，还“张开大嘴”要吃小动物们。小白兔不怕。因为它“是个用面团捏出来的老虎”。别的动物也就不怕了，“都扑上去咬”，“面团老虎就被大家吃掉了”。这个故事编得很精彩。情节交代清楚，语言干净利落，不拖泥带水。还应肯定一点：作者很会用动词，他用了那么多动词，都很准确。动物们一直在动作中，这也使得故事更加生动有趣。

魔　靴

孙佳欣（六岁）

小猫咪咪正在草地上追蝴蝶玩，忽然看见草地上有双红靴子。她大声喊：“谁把靴子丢在这儿了？”可是没有人回答，小猫咪咪就说：“我来穿上试试吧。”哎呀，红靴子闪起了金光。咪咪得意地说:“我真漂亮,我都想跳舞了。”话音刚落,她就跳起舞来,而且越跳越快,像刮大风一样,把小鸟、蝴蝶都吓跑了。咪咪想停却停不下来,哭着喊妈妈:“快来救我呀!我不想跳舞了!”

这时候,从远处走过来一位长翅膀的仙女。仙女说:“哎呀,这不是我的靴子吗?这靴子你可不能穿。”说着,仙女用魔棒指了一下咪咪,咪咪扑通一声坐在了草地上,靴子呢,飞到了仙女的手里。原来,这是一双会跳舞的魔靴,如果你想飞的话,它还可以带你上天呢!

【金波点评】

这个故事编得很曲折、很精彩,让人听着很替小猫咪咪担心,她穿上捡来的红靴子就止不住地跳舞,“而且越跳越快,像刮大风一样”,“想停却停不下来”。这真是一双“可怕”的魔靴啊!这多危险啊!就在这时候,仙女来了,“用魔棒指了一下咪咪”,咪咪得救了。故事似乎讲完了。这样结束,也很完整。但是,孙佳欣小朋友又接着编了下去,她补充说:“如果你想飞的话,它还可以带你上天呢!”这么一补充,又让我们觉得这双魔靴一点也不可怕,说不定听故事的小朋友都希望得到这么一双魔靴呢!

咳　嗽

葛　言（幼儿园中班）

前两天，我睡觉的时候踢掉了被子，所以感冒了，咳得很厉害。妈妈带我去看病，医生说要吃药。可是药好苦呀！我不愿吃。那天晚上，我咳了一夜，咳得很响很响，吵得太阳公公一晚上没有睡好，早晨都起不来了。月亮婆婆下了夜班也没法睡觉，晚上也不能来值班了，因为我白天也咳嗽啊！天上没了太阳公公和月亮婆婆真没意思，我赶紧吃药，咳嗽一点一点好了。今天，太阳公公又出来了，晚上月亮婆婆也会来的，天空上有了太阳公公和月亮婆婆多好啊！

【金波点评】

读完了这篇故事，我就在猜想：葛言小朋友是不是真的得了一场感冒，病好了以后，就编了这个有趣的故事？这篇故事的开头部分是“真实的事”，感冒、咳嗽，人人都有体验。后面的故事是“编”出来的。但是，恰恰是“编”出来的这一部分才最有趣。你看，因为“我”感冒了，又不肯吃药，才咳得很响很响，吵得太阳公公、月亮婆婆都不来值班了。因此，“我”才赶紧吃药，病好了，不咳了，太阳和月亮又出来了。这篇故事有两个特点：一是葛言想象力很丰富，由自己的咳嗽联想到天上的太阳、月亮，很大胆。二是用了夸张的方法，形容咳得声大，震得太阳和月亮都无法睡觉了，很奇特。其实，孩子都有想象力，会夸张，我们要鼓励、培养他们的这种才能，让他们编故事，就是好方法。这篇故事就证明了这一点。

小 伞 花

王庭萱

春天里的小雨一直下个不停，滴滴答答，在雨伞上跳着蹦着……好像一群淘气的孩子敲着小鼓，吹着小号。

今天，放学的时候，又下起了毛毛细雨。小朋友们欢快地跑出教室，撑开了一把把小伞，幼儿园里一下子盛开了许许多多的小伞花，有红色的，有黄色的，有白色的，还有五颜六色的……美丽极了！

看着这一朵朵美丽的小伞花，我希望小雨永远不要停，永远在我们耳朵边唱着欢快的歌。

【金波点评】

在日常生活中，声音、色彩、形象，最易引发孩子的兴趣。孩子听故事、讲故事，也离不开这些。就以这篇《小伞花》为例，它虽然没有曲折的情节，但你读一读，你会感觉它很美。美在哪里？美在声音、色彩和形象。小雨的“滴滴答答”，红的、黄的、白的小伞，还有雨中的小朋友，这一切组成了一幅有声、有色、充满动感的画面。作者用切身的感受、用想象和技巧，如把伞比喻成“小伞花”，把小雨和雨声比喻成“一群淘气的孩子敲着小鼓，吹着小号”等等，都使这篇故事像一首诗。

蛋壳潜水器

曾　理

鼠小妞发明了一只蛋壳潜水器，来到了海里。

海底世界真好看，有好多好多稀奇古怪的鱼：会发光的安康鱼、会放电的电鳗、会喷墨汁的八爪鱼……不一会儿，鼠小妞就和这些鱼交上了朋友，她不停地通过潜水器里的对讲机，向鱼朋友们问好。

鼠小妞在海底世界玩得正高兴呢，忽然，一只大鲨鱼跑了过来，要吃鼠小妞。鼠小妞吓坏了，赶紧用对讲机把朋友们叫了过来。不一会儿，八爪鱼来到蛋壳潜水器旁，对着鲨鱼喷出一股墨汁，鲨鱼什么也看不见了，只好逃走了。

鼠小妞谢过了八爪鱼。这时，她发现蛋壳潜水器的能量不够了，于是赶紧回到岸上补充能量。她的蛋壳潜水器外面也粘上了一些八爪鱼的墨汁，好心的小螃蟹连忙推来沙子，帮助鼠小妞擦掉蛋壳上的墨汁。

【金波点评】

作者编了一个很有趣的童话故事。开头第一句“鼠小妞发明了一只蛋壳潜水器,来到了海里”。就很吸引人。故事发展下去,也很引人入胜。读后,闭上眼睛就像看动画片一样。作者为什么能编出这篇童话故事呢?我想:首先是因为作者掌握了一些海洋生物的知识。知识丰富了,就能产生更多的联想和想象。把知识组合成故事,这故事因为有了艺术的加工,就变得比“知识”更有趣。从“知识”到“故事”,需要想象,需要生动的语言,还需要把故事编得有头有尾,比较完整。作者基本上做到了这几点。

第二辑

儿童文学与语文教学

谈谈教师的儿童文学素养

儿童文学作品，不仅仅儿童需要，成年人也需要。教师更需要儿童文学。对于教师来说，儿童文学是一种素养。

教师阅读儿童文学，不只是为了指导儿童阅读，不只是为了提高教学水平，还是一种职业的素养，甚至是做人的素养。这种素养，既有利于你的教学，也有利于提高你的生活质量，丰富你的情感世界。

教师的儿童文学素养，决不仅仅是多读几本儿童文学书籍。具有儿童文学素养的人，会影响到他的教育观，儿童观。为了确立科学的教育观和儿童观应该去阅读、去钻研儿童文学。要站在这样的高度看待儿童文学。

这些年中外儿童文学发展很快，涌现了许多优秀的作家和作品。因此，也就要求教师对中外儿童文学有一个大体的了解。儿童文学作品这么多，自然就有一个选择问题。我觉得在选择图书时，会逐渐根据自己的工作需要、审美趣味、鉴赏水平，确立自己的选择标准。这标准，可能因人而异，但至少应该明确地感悟到，我喜欢怎样的儿童文学作品，这样的作品对我培养文学趣味，提高鉴赏水平，增进对儿童的理解和发现，确立教育观和儿童观有什么样的作用。

儿童文学作品题材很丰富，艺术技巧很多样，我们教师需要一个比较开阔的儿童文学视野，应该更多地关怀儿童文学发展的历史，特别是中国的。狭义的儿童文学，历史也许没那么久，广义的儿童文学就有悠久的历史了，神话传说、民间故事、传统童谣，还有那些适合儿童阅读的文学作品，如《西游记》等，还是很丰富的。中国的儿童文学借鉴了外国的题材、体裁，出现了科幻的、魔幻的。有些作品，如《小王子》，是一本童话书，有人给它冠以“成人的童话”。的确，从它的内涵来看，是很丰富的。这些年，中国的童话创作，又出现了“热闹派”“抒情派”童话。还有“艺术的儿童文学”和“通俗的儿童文学”的提法，等等，我觉得这是老师们应该关心的，这是职业的需要。知道了这些，再通过广泛地、大量地阅读，我们就会更加了解孩子，对如何看待孩子、如何看待我们教育的天职，恐怕就会有一些新的认识。

孩子的世界，决不比成人的世界简单，孩子的世界是丰富多彩的，有时候会给我们很多的智慧。以前我曾经和老师们说过：我要做“孩子的老师”，我也要做“孩子的学生”。做孩子的老师，是指我为儿童写作，我有责任和义务让他们多读到真善美的东西，儿童文学应当在艺术的潜移默化中发挥教育作用。做孩子的学生，是因为他们有一颗童心，他们纯真、真诚。这些优秀的品质，给我提供了很多创作的素材。他们的表现和思考，他们的喜怒哀乐，很多是值得我们去关注、去研究的。孩子们的纯真，直率，他们对待生活的新鲜感、好奇心，丰富的想象力，对于美的探究与表达，有很多是成年人在成长过程中慢慢丢失了的。职业要求我们加强儿童文学素养，首先要树立正确的观念，要热爱孩子，理解孩子，尊重孩子。我觉得教师的儿童文学修养，首先是建立在这样一种科学的儿童观和教育观方面。

儿童文学素养的提高，可以帮助我们不断地发现儿童。我们的责任是教育，是让他们身心健康地成长。但发现儿童是我们每天要做的工作。儿童的世界太丰富了，我曾经说过：“儿童是一朵小花，但他们的内心是一座花园。”对于教师来说，发现儿童也是发现自己。和儿童打交道，发现他们生活中的趣事，他们的思考，可以启发我们，我们是不是还有童心，我们是不是还像他们一样纯真。发现儿童也是我们成长的过程，在孩子面前，我们和他们一起成长。一个有儿童文学素养的人，看到孩子种种的表现，就会带着一种惊喜、赏识和探究的眼光去看。探究就是发现。我们每一个人，无论从事什么职业，发现儿童很重要。我和孩子们打交道，天天有新发现。我要说，是儿童文学给了我敏锐的目光。好多同学问我：《追踪小绿人》你是怎么写出来的？我想起我在公园里看见一个孩子和妈妈，她们拿了白纸和铅笔，在树皮上拓。妈妈问孩子：你在树干的纹路里发现了什么图画？孩子说发现了树、花、鸟、山、水，很多很多，说不完。我说：对，你还会发现很多。其实，我受孩子的启发，我也在发现。我突然回忆起，我小时候来到树林里，我就想，树和树会不会谈心，能不能听得见他们的声音，树林里是不是住着很多很多的小人，他们会不会出来？这个孩子的发现，把我的幻想唤醒了，我又萌发了孩子式的想象的思维方式，我萌发了要写一本关于小绿人的书的想法。这灵感是哪里来的？就是发现儿童的过程。

当然，这不仅仅是职业的要求。儿童文学并不是简单的文学，表面上看，儿童文学常常写小猫小狗，但优秀的儿童文学作品，内涵是很丰富的，是值得我们一生去亲近的。安徒生说，儿童读我的故事，成年人读我的思想。我们小时候很喜欢安徒生的童话，我们和书中的人物共命运，但长大了再去读，我们就会发现它丰富的内涵。安徒生的话，是不是给我们开启了一把儿童文学之门的钥匙？一个人一生应该两次读儿童文学，童年的时候读，长大了以后还要读。在儿童时代读，那时候天真无邪，对世界充满了新鲜感、好奇心，想象大胆，童年读儿童文学作品，信以为真，给自己构建了一个想象的世界，远比我们的现实生活丰富得多。成人以后，一直到老年，还要阅读儿童文学。这个时候的阅读，已清楚童话是虚构的，但这并不会影响我们的阅读兴趣，因为童话的背后还有思想，这时候你的阅读，是一种更高层次的阅读。第一次阅读，满足了儿童的好奇心、想象力；第二次阅读能更深刻地认识世界。所以儿童文学不是简单的，是值得一生亲近的文学。

我想起了列夫·托尔斯泰在晚年的时候，他的《战争与和平》《安娜·卡列尼娜》《复活》等名著都写完了，晚年，他立志要给农民的孩子创作《启蒙读本》(1872)、《新启蒙读本》(1875)和四册《俄罗斯读物》。他说他这些作品："是我在大量写成的故事作品中筛选出来的，它们中间每则故事我都加工、修改、润色多达十来次，它们在我的作品中所占的地位，是高出于其他一切我所写的东西的。"他甚至说，孩子们读着他的"读本"，他才能"问心无愧地死去"。他就这样评价他晚年给孩子写的故事，比如说《狼来了》这个故事，可以说影响了全世界几代人的道德观。他写这些，是他生命的体验，是他人生价值的体现。他把这些看作他创作生涯中最重要的写作，可见儿童文学的内涵是非常丰富的。像《小王子》那样的书，读几遍你都会有新的体会，都会有新的发现。

有些书，告诉我们很多很多的教育方法，这些教育方法是形象的，我曾经读过一本德国作家彼特·赫尔特林写的《本爱安娜》，他在“作者题记”中这样写道：“成年人常常对孩子们说：‘你们根本就不可能知道什么是爱，等你们长大了才会懂得这个。’这种说法不真实。”他说的是两个孩子，一个男孩一个女孩，产生了很朦胧的对于异性的爱慕之情，本很爱安娜，安娜是一个移民过来的孩子，本的家里，知道自己的孩子爱一个女孩子，首先做的不是去训斥，而是把安娜当作一个最尊贵的客人请到家里。本的父母并不把安娜看作一个孩子，而是一个尊贵的客人，当班级里起哄，说本爱安娜，老师又补充了一句：安娜爱本。老师说：人和人之间是互相尊重的，“爱是双方的事”，是有责任心的事情，这个老师也没有训斥他们，而是让他们互相尊重。从这个故事里，我们是不是了解到一些教育方法？那就是尊重。我觉得从儿童文学里可以读到很多教育观点和方法，可能这个老师可以提炼出这个观点，方法，那个老师又提炼出其他的观点方法。如果儿童文学是给孩子一些阅读的趣味，那么对成年人来说，可能不仅仅是趣味，还有素养，这素养不仅是方法，更多的是对人的关怀。我们一辈子都要和孩子打交道，我们需要这种对儿童的不断发现和对他们的尊重与关爱。

另外，我觉得儿童文学的素养，还应包含着审美的愉悦。儿童文学是展示爱与美的文学。儿童生活中有很多很美的东西，值得我们亲近和赏识。就以儿童画为例，孩子们几乎不用学，就可以自由驰骋丰富大胆的想象力，画出无法重复的图画。难怪毕加索晚年还说："要花一生的时间去学习如何像孩子一般作画。"这些都让我们发现了儿童有一个很美的心灵世界，我想我们亲近这样的孩子，我们不会不爱他，不会不发现孩子心灵中有这么多这么多美好的东西，何况我们的孩子真的是很聪明。

再以诗为例，孩子写诗，也常常是"无师自通"。我想请老师们多多留心孩子们写的诗，他们大胆的想象，流动在字里行间的音乐，是很令人惊喜的。我看到过很多学生对《星星和鲜花》的仿写，真是精彩。老师们可以确信，孩子是天生的诗人。优秀的儿童文学作品，就是在反映儿童内心世界的美和爱。当我们阅读这些作品时，我们是否可以溯本求源，去孩子们那里找到源头。这可以让我们的身心回归，回归到我们的童年时代。苏联作家普里什文给孩子们写了许多优美的散文，他曾经说过："要知道我笔下写的是大自然，而我心中想的却是人。"儿童文学引领我们走向充满爱与美的境界。

从儿童文学的素养来看，我还有一个建议，希望老师们能从事儿童文学创作。教师们是最有生活储备的。叶圣陶先生曾说过：最适合儿童文学创作的人，是中小学的教师。中国五六十年代，相当多的一批作家，都曾有当教师的经历。现在我还是要建议教师们试试儿童文学创作，也包括儿童文学批评。要尝试一下儿童文学创作的乐趣，这与教学是互补的，你有生活，积累素材，变成作品，培养运用语言的能力，你再去讲课文的时候，你一定讲得很生动很活泼。你通过写作，用你的作品贴近了儿童，这和你单纯地读一些教育理论，这种体验是不同的，所以我特别强调，教师们不要浪费你们的生活资源。创作，作为一个教师儿童文学的素养，当你去辅导学生阅读的时候，你一定有自己独到的方法和独到的见解。

提高儿童文学的素养，也是一种生活境界。我们终身要保留一颗童心，我想这样的人，一生都会幸福。

在结束这篇讲稿前，我想起了《小王子》的“作者献词”。圣-埃克苏佩里在献词中写道：“请孩子们原谅，我把这本书献给了一个大人。”他有“三个重要理由”，其中一个理由是“这个大人什么都能明白，就连那些给孩子们写的书都能看懂”。这说明，我们常常忘记了童年，因此我们对于写给孩子们的书，变得冷漠了，不那么理解了。让我们从一个成年人的角度，重新理解儿童文学，走进儿童世界。

（本文系作者2006年6月21日在江苏省苏教版小学语文教科书第九期培训会上的发言）

儿童阅读与健康的心理秩序

儿童良好的阅读习惯，影响着人的一生，它不仅关系到知识的获取（认识作用）还会影响到道德感的培养、审美趣味的纯正以及性格的养成。

一个喜欢读书的人，在心灵上就会创造一个“第二世界”。

这是一个私人空间，但并不隐秘。在阅读中，伴随着神态自若，却有着深邃的思考；在专注的目光里，却有着幻觉的飞腾；坐拥书城，可以体验古今风云变幻；一个静止的外表，隐藏着超拔的想象。

这一切都源于从小养成良好的阅读习惯。这种习惯的养成，并不能自发地产生，它有赖于教师和家长的循循善诱，有赖于对于儿童精神成长的细心呵护，有赖于对于儿童审美心理的体察。

儿童的阅读，需要我们对儿童的年龄特征、心理特征和认知程度给予尊重，在尊重的基础上，帮助他们安排一个科学的健康的心理秩序。

首先，是纵向的阅读心理秩序。

儿童从幼儿到少年，在阅读的趣味上是不同的。

在第一学段（一、二年级），对于阅读的要求主要是“喜欢阅读，感受阅读的乐趣”，“阅读浅近的童话、寓言、故事，向往美好的情境，关心自然和生命，对感兴趣的人物和事件有自己的感受和想法，并乐于与人交流”，“诵读儿歌、儿童诗和浅近的古诗，展开想象，获得初步的情感体验，感受语言的优美”，这些要求可以概括为“情趣”和“美听”。所以应以童话、儿歌和儿童诗为主。

在第二学段（三、四年级），对于阅读的要求主要是“粗知文章大意”“能初步把握文章的主要内容，体会文章表达的思想感情”“能复述叙事性作品的大意，初步感受作品中生动的形象和优美的语言，关心作品中人物的命运和喜怒哀乐，与他人交流自己的阅读感受。”这些要求实际上是从年龄、心理特征出发，尊重他们对于叙事性作品（如小说、故事、科幻等题材）的兴趣，满足他们对于情节进展的好奇心，初步感受生动的形象和优美的语言，对于人物性格和命运的关注。

在第三学段（五、六年级），对于阅读的要求主要是“体会作者的思想感情，初步领悟文章的基本表达方法”，“阅读叙事性作品，了解事件梗概，能简单描述自己印象最深的场景、人物、细节，说出自己的喜欢、憎恶、崇敬、向往、同情等感受”，“阅读诗歌，大体把握诗意，想象诗歌描述的情境，体会作品的情感”，“注意通过诗文的语调、韵律、节奏等体味作品的内容和情感”。总之，到了高年级，他们已从情趣、情节发展到对作品注意欣赏了，他们开始对作品的艺术性和技巧有了要求。从对情节的好奇心到对作品技巧的要求，这是阅读的一次飞跃。

我们可以看到，在这条纵向的发展中，小学阶段的阅读是经历了这样三个梯次：情趣的快感—情节的好奇—技巧的欣赏。

其次，是横向的阅读心理秩序。

儿童从幼儿到少年，在阅读的审美方面应当全面发展。

文学的分类，从小说（包括幻想小说、童话）、戏剧、散文到诗歌，它们在反映现实生活的艺术表现上是不同的。有人曾这样比喻：小说是文学的肌体，散文是文学的微笑，诗歌是文学的灵魂……还有人这样比喻：如果把小说比喻作门，散文就是窗子；或者说，如果把散文比喻作散步，诗歌就是舞蹈……这些不是科学的定义，但它从另一个角度表现了各种文学样式的艺术特征。我们在阅读教育中，不能不注意培养学生比较多方面的阅读兴趣和全面地吸取文学营养，综合地提高文学的鉴赏力。

“小说是文学的肌体”，这说明带有叙事性的小说等样式，在反映生活的广度和深度方面是有其长处的。读小说有身临其境的感觉，因此它引人入胜。但要在读故事中学会感动，学会思考，感悟到故事背后的思想。安徒生说过，“孩子读我的故事，成人读我的思想”。要引导孩子去体会文学作品中的思想。

散文是经常被小读者忽视的，但“散文像微笑”。我们应当领略散文的亲和力，它朴素、真实。它可以写景、叙事、抒情、议论；给小读者的散文，可以借鉴小说的人物刻画和情节的安排，可以借鉴童话的幻想，可以写成无韵、不分节的自由诗……

我们在生话中离不开散文。记日记，写应用文，甚至说话，都是散文。

学习写作更要从散文开始。

在这里，我特别要谈一谈诗歌。

诗是抒情的文学样式，读诗就是让一个人感情丰富，想象力丰富。有了丰富的感情就能深入地理解人和事，就能深入地阅读，提高阅读的水平。

诗的趣味，有时形式大于内容。如民间童谣，能世代口耳相传，取决于它的形式。有一些诗具有“没意思的意思”。诗是最讲究形式的文学。欣赏诗也要学会诗的形式，古诗不必说，白话诗也是讲究形式的。

诗具有独特的思维方式。孩子的诗也是如此，例如：

想　象　力

老师问
有一种东西
浑身长满漂亮的羽毛
每天早晨叫你起床
它是什么
同学回答——
是鸡毛掸子

（江苏南京市展展十三岁）

山　里　娃

早上
背上带补丁的书包
一走就是十几里
好远的知识呀

晚上
家里没灯的孩子

坐在外面

数着星星

好歹也是个算术

（吉林省长春市周燊十一岁）

名　字

我和别人都有的

是什么——

名字

我和别人不同的

是什么——

名字

（上海市孙燕）

这三首诗各有特色，第一首幽默，第二首沉郁，第三首哲思。共同的特点是，出自胸臆，纯乎自然。这就是孩子原生态的诗，没有技巧的技巧。每个孩子都是天生的诗人，但我们忽视了孩子们喜欢诗歌的天性。

最后我要说，诗是文学中的文学。

朱光潜曾说过：“一个人不喜欢诗，何以文学趣味就低下呢？因为一切纯文学都要有诗的特质。一部好小说或是一部好戏剧，都要当做一首诗看。诗比别类文学较谨严，较纯粹，较精微。如果对于诗没有兴趣，对于小说、戏剧、散文等等的佳妙处，也终不免有些隔膜。不爱好诗而爱好小说、戏剧的人们，大半在小说和戏剧中只能见到最粗浅的一部分，就是故事。所以他们看小说和戏剧，不问它们的艺术技巧，只求它们里面有有趣的故事。”“我们一定要超过原始的童稚的好奇心。”“要养成纯正的文学趣味，我们最好从读诗入手。能欣赏诗，自然能欣赏小说，戏剧及其他种类文学。”（朱光潜《谈读诗与趣味的培养》）

哈代的也说过：“抒情诗是文学的精华，是颠不破的钻石。无论它多小，光彩是磨不灭的。”“练习文字顶好学写诗；诗是文字的秘密。”

总之，横向的阅读心理秩序，要求我们认清各种文学样式的特点，多读各种文学样式的文学作品，可以营养均衡，提高素养，锻炼思维，学会文字表达的技巧。

（2009年5月15日在南京市首届“琅琅”儿童阅读文化论坛的发言）

倡导阅读教育
是我们的一份责任

孩子的阅读分两种：一种是自然生态的、自发的，或者说消遣性阅读；另一种是追求纯正审美趣味的阅读。儿童阅读大部分都属于第一种，是从趣味出发的，因为纯正的审美趣味很难自发产生，它需要引导，所以需要阅读教育。

这一两年来，教育界特别是小学的教育，有不少有敬业精神富有才干的老师，在他们的阅读课堂中担当起了阅读教育的重担。他们在很严谨的选材当中，利用优秀的儿童文学资源，向学生们实施了以审美为重要内容的阅读教育。我相信这种阅读教育必然会培养起孩子们纯正的文学趣味，必然会促进主流阅读趋势的形成，必然会带动本土的原创文学的繁荣。

这几年大家在倡导阅读教育方面都动了很多脑筋。

这说明阅读推广的工作已经在社会上铺开了。今天提出倡导阅读教育，把阅读作为一种教育提出来，我觉得在当前已经非常必要：

一是开拓阅读眼界，学会鉴别。当前孩子们的阅读很多都是自发性、从众性、时尚性的阅读。班里有一个孩子读过某本书，觉得好，没读过的孩子就觉得自己不够时尚。这些自发的、从众的、时尚的阅读方式还是处于一种盲目的无序的状态，因此也是一种缺乏鉴别能力的阅读，需要我们通过教育，让孩子在读书的时候逐渐提高鉴别能力。当下孩子们读书并不能说不存在阅读陷阱，我觉得那些低劣的口袋书就是阅读陷阱，如果仅仅是开拓眼界不会鉴别，早晚会掉到陷阱里面。

二是养成良好的阅读习惯，学会通过想象把文字变成形象，学会玩味文学、欣赏文学，而不只是单纯地只追求情节。希望孩子们也慢慢地学会“玩味文学”，比如语言的美、细节的美、情调的美。当然，阅读教育还有很重要的一点就是让孩子们学会观察，阅读文学和社会观察一定要比照的、同步地前进。学会观察、学会驾驭文字，从而潜移默化地陶冶情操。

三是从优秀的艺术文学中，把握时代精神，促进儿童身心健康成长。不管现在怎么多元化，我觉得时代精神是非常重要的。我们的儿童文学应该是非常含蓄、非常艺术化地告诉孩子们时代精神。

我认为时代精神最重要的主题就是“爱和美”的教育。今天新的文学主流在把握时代精神方面是比较准确的，可以促进儿童身心健康地成长。图书实际上是代表着一个时代，呈现的是一个时代的生命的状态。

所有的人都需要书，儿童是更需要书的。倡导阅读教育也是作家的一份责任。

（原载 2005 年 11 月 18 日《中国图书商报》）

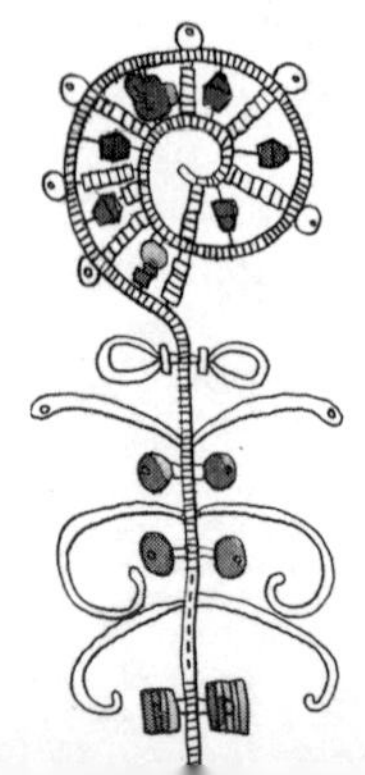

尊重儿童天性，倡导快乐作文

作文教学是整个语文教学重要的组成部分，叶圣陶先生说过："语文教材无非是例子，凭这个例子要使学生能够举一反三，练成阅读和作文的熟练技能。"所以对于课文的理解，不只是理解字词句段和篇章结构以及中心思想，还要从课文中学到写作方法。

再就是对于一个教师来说，儿童文学修养直接影响着语文教学、作文教学的水平。

我是一个从事儿童文学创作的人，所以我从自己的写作体会切入，谈两点小学生的作文教学问题，谨供老师们参考。

一、快乐·趣味·个性

我们古人提倡写作"文以载道"，但具体到孩子来说，他们的写作是一种感情的宣泄，或者说是一种“游戏精神”的体现，因为他们更凭直觉看待世界。他们把眼中的世界，心中的感受写出来，就高兴了。所以，与其让他们学习写作，不如说是教他们用写作感受快乐，就像他们画画、唱歌一样，都是快乐的游戏。当然，随着他们年龄的增长，学识的增多，阅历的丰富，他们的习作内容就更加深刻，更加显示思想。但对于低年级学生来说，渗透游戏精神的写作是很重要的。新课标简介说：“降低写作起始阶段的难度，减少对学生写作的束缚，少布置命题作文。”从某一个方面看，这都是“寻找快乐作文”应当把握的原则。一、二年级的“写话”，首先是“对写话有兴趣”，当然更应当是“快乐作文”。到了三、四年级，新课标规定“乐于书面表达”，“注意表现自己觉得新奇有趣的、或印象最深、最受感动的内容。”写出来以后还愿意“与他们分享习作的快乐”。到了五、六年级，又强调“懂得为自我表达和与人交流而写”。“为自我表达”，这就是表现儿童的天性。所以无论是低年级的“对写话有兴趣”，中年级的“乐于书面表达”，“与他们分享习作的快乐”，还是高年级的“为自我表达”，都贯穿着一个“兴趣”、“快乐”原则。让儿童以作文为快乐的事，这就是尊重儿童的天性。

例如，我曾听到一个两岁零三个月大的孩子说：

小手电，
拿手上，
我把开关打开了，
哈，射出一个小太阳！

这个小娃娃之所以能“写”出这首诗，必须具备这样一些条件：第一，他平时玩手电一定玩得很开心，他要表达这种愉快的情绪。第二，他平时听到、也朗诵过一些儿歌和诗，这些儿歌和诗让他体验到了听觉的快乐。第三，他找到了一个简单的表现方法——把手电筒照出的光比喻成“射出一个小太阳”，这是“为自我表达”的快乐。当然也有其他一些条件，比如家长老师的鼓励，环境影响以及对于押韵和节奏的感觉，等等。

二、孩子故事多，天天学写作

我希望老师们加强儿童文学素养，用心灵拥抱孩子。老师们的教学工作，需要补上儿童文学这一课。这还不单单是知织结构的问题，还是修养的问题。

教师的职业要求我们树立正确的儿童观。

发现儿童，是我们每天的工作。发现儿童，也是我们自身的成长。我们应当常常扪心自问：我们离儿童有多远？我们还保留多少童心？对于身边的学生，我们理解吗?

多和孩子产生共鸣。情感上贴近学生。

儿童是一个独立的人,要尊重他们。他们有自己理解世界的方法,有独立的思考能力。

老师要怀着兴趣和热情去发现儿童的故事。他们的故事一经你的点拨,就会成为他们写作的素材。这个过程,既能帮助他们解决没的写的问题,又能启发他们学会感受生活。学生们的故事也是作文教学中的宝贵资源。

教师的儿童观决定着其对待儿童的态度。亲密的师生关系,可以帮助教师发现儿童独特的世界、独特的思维。他们的故事本身就是作文的源泉。

作文不是到了课堂上才去想怎么写,作文是一种思维方式,是一种生活积累,是一种审美趣味。老师要善于发现、善于引导。孩子们生活中的写作素材很多,关键是老师是不是留心了,及时引导了。当然,这需要老师首先勤于观察,敏于思考,长于表达。老师们应当喜欢儿童文学,尝试着从事儿童文学写作。写作实践可以帮助你做到"平时多引导,作文有材料",因为你懂得了童心童趣,懂得了把素材变成习作的规律。

儿童的幻想很美丽,儿童喜欢对各种事务进行探究,亲近儿童,可以获得和儿童一样的审美愉悦。

总之,作文教学,决不仅仅是怎样开头结尾,布局谋篇的问题，它是尊重儿童的人格，发现儿童的天性，赏识儿童审美的一种综合教育。

作文教学是和孩子们交流感情，贴近他们的生活，拥抱他们的心灵世界。和孩子们在一起，是快乐的，就像走进一个没有年龄的国度。

（2007年1月9日作于北京）

关于“图画书”的几点思考

——2008年在济南一次图画书研讨会上的发言

无论是从世界发达国家的出版现状看，还是从我国引进版图画书的数量以及图画书的推广势头看，图画书的创作、出版和理论研讨都已提到日程上来了。所以这次“中国原创图画书发展论坛”的举办有着重要意义，是中国图画书创作出版的一次重要会议。

我有幸被邀请参加，十分高兴。我是来洗耳恭听、虚心向在座的专家、画家、教授和朋友们学习的。来前没安排我发言，但大会主席张之路先生让我谈点感想。我听了几位专家教授的发言，有些心得体会，促使我想到一些问题，我就即兴谈一些想法，求教于大家。

一、要考虑“图画书”的读者定位

就目前世界性的文学阅读趋势看，传统的“文学阅读”正在被“图像文化”强化着。以语言文字为主的传播媒介正在被大量的图像文化所分流；即使纸质的书籍，也在不断地加大着图像的比重。

图画的大量加入，改变着文学的呈现方式和创作思维。虽然“图画书”不能代替“语言文字书”，但它影响着阅读方式和创作方式，进而影响着出版的品种和空间。

首先要给“图画书”的读者定位。现在一提“图画书”仿佛就是说的“幼儿文学”。在传统的阅读方式中，图画书对于不识字的幼儿来说，的确是有着天然的联系。但在今天，语言与图像（包括影视、图像和绘画）相融合的艺术形式正在被越来越多的人接受。单以图画书而论，也已并非只是给幼儿看的，甚至也不一定是儿童读物。只是我们现在推广比较多的是给幼儿看的“图画书”。或者说，我们是在着重从幼儿、儿童的角度去推广图画书。但这不是“图画书”的全部。

有一种“图画书”表面上是给幼儿看的，其实幼儿只能看“故事”，故事背后的“思想”他们很难懂。比如《活了一百万次的猫》，孩子看故事，年轻人更看重书中的“情”，老年人思考的是“生命的价值”，这就应了那句话：

老少咸宜。

还有一些“图画书”，主要不是给孩子看的(故事性不强，哲理性强)。我看过一些散文的图画书，还看过一些一首诗(不是儿童诗)的图画书。

去年我收到一本台湾出版的图画书《雪晚林边歇马》，文字作者罗伯·佛洛斯特(1874～1963)是美国 20 世纪最重要的诗人之一。全诗只有短短的十六行：

我想我认得这座森林。
林主的房子就在前村，
却见不到我在此歇马，
看他林中飘落的雪景。

我的小马一定很惊讶，
周围望不见什么人家，
竟在一年最暗的黄昏，
寒林和冰湖之间停下。

马儿摇响身上的串铃，
问我这地方该不该停。
此外只有微风拂雪片，
再也听不见其他声音。

森林又暗又深真可羡，
但是我已经有约在先，
还要赶多少路才安眠，
还要赶多少路才安眠。

（余光中译）

但就是这样一首只有十六行的短诗，被画家苏珊·杰佛斯由“一首诗”诠释、发展和艺术地再创造成“一本图画书”。这首短诗是佛洛斯特的代表作，对这首诗，历来是从三个层面上解释的：1. 这是一首描绘雪景的田园抒情诗。2. 表现人在自然与社会中的抉择。3. 人在“安眠”之前，还要完成约定的事情。无论哪一种解释，都可认定这不是一本给孩子读的“图画书”。

所以，就世界范围讲，图画书的读者是多元的，不能一说“图画书”就归到儿童读物，更不能把“图画书”和“幼儿文学”画等号。

二、图画书是综合性的读物

图画书不是单纯的文学作品，它是综合性的读物，是文学与绘画相融合的艺术品。文学性是图画书的基础，是文学先提出了形象和主题，最后由绘画完成了形象的塑造和主题的表现。它们各自运用不同的艺术语言表现共同的形象和共同的主题。但是，在一本图画书中，我们还必须看到，不同的艺术形象带来的美感是有强弱的区别的。

文学是想象艺术，绘画是视觉艺术，当二者融合在一起时，在审美的强弱上是不同的。达·芬奇曾经说过："虽然在选材上诗人也有和画家一样的广阔的范围，诗人的作品却比不上绘画那样使人满意，因为诗企图用文字来再现形状、动作和景致，画家却直接用这些事物的准确形象来再造它们……毫无疑问，绘画在效用和美方面都远远胜过诗，在所产生的快感方面也是如此。"(《笔记》)这段话用在图画书的审美感觉上的确如此。这里没有贬低文学的意思，而是说二者结合成一种新的艺术品种时，就会出现审美的强弱之别。二者的结合必使彼此有得有失，绘画一旦与文学结合，它必然受到文学提出的形象与主题的制约，而文学则是消减了单纯的语言形式，写的不能太满，它必须给绘画留下更多的补充、生发和再创造的空间。

文学和绘画的结合，必然会使作为视觉艺术的绘画对读者有更直接、更强烈、更迅速的审美效果。在一本图画书中，图画更趋于"显性"，文字则更趋于"隐性"。这使我想起歌曲这种综合艺术，歌词是语言艺术，曲调是听觉艺术，二者虽然融合在一起了，但必然是听觉更"先声夺人"。所以莫扎特说过："好的曲调可以使人忘记坏的歌词，相反的例子是找不到的。”图画书给人强烈印象的是绘画大于文字。因此，我认为图画书是综合性艺术的图书，而非单纯的文学性的图书。

图画书是语言和绘画结合的书，它既不能像面对文字书籍那样去“阅读”，也不能像面对一幅画那样去“欣赏”，它需要改变单纯的“阅读”为“观赏”，是一种身临其境的体验和感动。

图画书的文字含量是大大地被浓缩了，但它的语言文字需要更凝练、更动听。所以欣赏图画书，既需要(对图画)的“目治”，又需要(对语言)的“美听”。

三、阅读图画书是欣赏和发现，最终还是感动

阅读图画书不能完全像阅读文学书那样主要依靠想象力，更多的是欣赏和发现，把绘画静态的“一瞬间”，通过想象扩展为画面的“过去”和“未来”的流动变化。

文学提供了对这最富于“包孕性”的“一瞬间”的理解。因此，推广图画书不能单纯地去讲书中的故事情节，而是教会读者学会欣赏绘画，即绘画的语言是怎样表现并超越文字表述的。

读图画书与其说是直观地看一个个画面，不如说是在欣赏和发现文字之外的东西，是文学语言(有的图画

书，构思可能是文学的，但语言够不上文学的标准）转化为绘画语言的互动和互为补充，是一种艺术上的寻胜探幽。当然，最终还是感动读者。

（原载《文艺报》2009 年 12 月 12 日）

一堂有创意、有特色的语文课

——听周益民老师的《绕绕复绕绕》

听周益民老师的这堂课，我很欣喜，很震动。因为在我的印象中，还没有哪位老师把绕口令纳入到小学语文教学中去。虽然低年级小学语文教材中出现过一些民间传统童谣，但是还没有出现过颠倒歌，绕口令这种类型的传统童谣。所以我认为周老师把绕口令和颠倒歌纳入到小学语文教学中是个创举。

过去的小学语文教材中，我们只是讲到了作家创作的一些儿歌。新课标颁布以后，大家思想比较解放了，又收入了一些传统童谣。我曾经在有的教材里看到过《一园青菜成了精》《一对蝈蝈吹牛皮》这样一些传统童谣，我觉得很新鲜，很有创意。过去都以为民间童谣是民间的口头的文学，很难纳入语文教材。现在选入教材，发现教学效果相当不错，非常有趣，有幽默感，有韵律节奏感，教学效果有时会超过我们作家创作的儿歌。这一次周老师又把绕口令纳入语文教学当中，我认为是一种创举。这创举主要表现在这样几个方面：

首先，他为语文教学开发了新的教学资源。绕口令是传统民谣的一种门类，和其他传统民谣比较，有它的长处和不足。传统民谣很注重节奏感、趣味性、幽默感，当然绕口令也注重这些。但是绕口令缺乏传统民谣的情节性。我刚才举例的《一园青菜成了精》和《一对蝈蝈吹牛皮》，这些都是带有童话性质的童谣，而绕口令的情节性比较弱。周老师把绕口令纳入到语文教学中，丰富了小学语文教材，告诉我们有大量的教材值得我们去开发。传统民间童谣的艺术性并不次于我们作家创作的。作家创作儿歌还要向传统童谣学习，在内容上更要突出趣味性，在形式上更要突出音乐性。而传统童谣寓教育性、知识性于趣味性之中，诵唱后可以经久不忘，因为它乐闻易晓。所以古人讲，“一儿习之，可为诸儿流布；童时习之，可为终身体认”（明·吕坤《小儿语》序），一个孩子学习了，很多孩子都传开了；小时候学的，一辈子都忘不了。民间童谣就是有这种魅力。（在这里，我顺便谈谈在校园里流传着的所谓“灰色童谣”，我们教师一面要引导学生传诵健康童谣，一面还要分析学生为什么对这些童谣感兴趣，还要分析它产生的背景。）

周老师把绕口令引进课堂在这一点上满足了孩子

们游戏的、竞技的、好胜心的愿望。我认为绕口令在传统童谣中,所具有的独特性就是竞技性。绕口令讲究的就是发音技巧。课堂有了技巧比赛,就学得轻松,气氛活跃,自始至终学生处在兴奋状态。刚开始,周老师让同学发言,当时同学们沉默了几秒,没有孩子敢于站起来发言,但是上课不到十分钟,全体同学便非常活跃。周老师用非常简洁的语言,并没有用煽情的语言,但孩子自发地喜欢参与。新课标强调自主学习,互动学习,这堂课都体现出来了,原因就是周老师挖掘了教材当中的新资源,这个新资源非常符合儿童快乐的天性。当然我们知道绕口令有几个功能,教育点就是他发音的功能。周老师并没有很突出地去讲,但是在几个绕口令中,孩子们从诵唱中都已经体会到了。

绕口令在民间童谣中是独立的一类。朱自清先生把绕口令归之于"练习发音"类的童谣,认为它是童谣里的"很美妙的歌词,不仅对于练习发音,非常注意;并且富有文学意味,迎合儿童心理,实在是儿童文学里不可多得的一种好材料"(朱自清《中国歌谣》)。这说明绕口令不但有"练习发音"的实用性,还有"文学意味"的娱乐性。周老师的这节课,非常鲜明地突出了绕口令的这两个特点。

第二,周老师的这节课还有一个亮点,他扩展了绕口令作为文学艺术的丰富性。过去我们一谈到绕口令,总觉得它是曲艺里相声表演、快板表演的保留节目，或者是孩子们的游戏比赛，只看到了它的娱乐性。周老师的课，把文学艺术的丰富性突出了。我认为周老师的课是一节艺术欣赏课。这节欣赏课非常独特，他是让学生在跟老师的互动当中，逐渐地、潜移默化地学会了欣赏。他的课非常有条理，他先讲了一个故事，然后把故事变成绕口令，这就增加了绕口令跟童话故事、跟生活故事的紧密联系，证明了绕口令完全可以承担歌唱一个故事的诗歌特点。周老师这节课讲得如此丰富，是因为他把绕口令与快板、西河大鼓等曲艺形式联系起来，甚至把绕口令和通俗歌曲《中国话》联系在一起，真让人大开眼界，也让学生在诵唱中感受到母语的生动活泼。我们倡导"大语文"，就是在社会生活中学语文，在艺术的相互融合中学语文。我认为周老师做到了这一点。他的课还证明了文学是艺术的基础，即使是"极浅、极明、极俚、极俗"的绕口令也如此。

第三，周老师的课体现了竞技性。周老师让孩子们认领最高的级别，朗诵最难的绕口令，这是孩子们游戏精神的体现。在游戏中，在竞技的过程中，他们达到了练习发音的目的，让孩子们感受了文学的美。绕口令有根据双音、叠韵、声调、音变等练习目的创作的作品。在作家里也有人注重对绕口令的创作，所以同学们对绕口令也比较感兴趣。

最后讲一点建议。这节课，孩子们开阔了眼界，激发了兴趣，体验到了母语的美。我想，为了进一步满足孩子们游戏、竞技的欲望，是否可以进一步扩充到绕口令的仿写上。我们可以出几个关键词，让孩子们仿写。孩子们对绕口令的艺术性，对发音的练习可以通过仿写记得更牢固。孩子们把作品拿出来，他们会更有成就感，就会感觉到竞技的成就感，游戏精神的满足。所以，我想，假如这课有仿写的内容，可能孩子们对绕口令会有更完整的认识与体验。

（2009 年 8 月 17 日修改于北京）

感情　意境　语言

——谈《盲孩子和他的影子》的写作

我从大学时代开始发表作品，大部分是诗。写诗对于我写童话，很有好处。诗的特质是抒情。写感动了自己的，才有可能写好，有可能感动别人。诗抒发感情的方式常常是直抒胸臆。写童话就要曲折些，作者藏在作品后面，作者的感情渗透在字里行间。

我常常想，失明的人最痛苦，没有了视觉，就像丢失了整个世界。我在写《盲孩子和他的影子》的时候，常常紧闭着双眼，体验盲人那永远的黑夜，这使我对盲人的痛苦感同身受。我同情他们，爱他们，想给他们安慰，想激发更多的人关爱他们，并在关爱别人的过程中，提升自己的生命价值。这种思想感情，久久地在我心中激荡，这已成为我创作这篇童话的感情寄托和动力。

我想起生活中曾有这样一个难忘的场景：一个盲孩

子坐在街心花园里，侧耳倾听着身边一群同龄人在喧闹嬉戏，虽然他也被他们讲的笑话引逗得微微一笑，但更多的时候，他只是沉默不语地侧耳倾听着，他无法去参与他们的游戏。我看到的是他那孤独、寂寞的表情。

他坐在那儿一动不动，身边拖着长长的影子。只有影子陪伴着他。

这情这景让我想起自己的一首诗《读自己的影子》：

小时候，不识字，
总喜欢坐在那里，
读自己的影子，
像读一本童话故事。

总是读一头黑熊，
或是几只很黑的小兔子，
坐卧在我的脚下，
和我有说不完的话。

直到太阳落山，
影子消失，
只剩下孤零零的自己。
我知道，明天
影子还会来，

还会有新的故事……

我重温童年的体验和幻想，把过去和现实的两种感受加以融合。

就这样，我觉得一篇童话的构思逐渐清晰起来了。

在构思情节时，我既设身处地，怀着盲孩子渴望关怀的愿望，又怀着一个健康人对他们同情关爱的感情。因此，我在叙述故事的方式上，比较侧重于写内心的感受和气氛的烘托，不追求情节的跌宕起伏，而是注重情调和意境的渲染。由于主人公是一个盲人，所以只能凭借他的听觉来感受环境，他“喜欢听鸟儿黎明时的叫声，春风从耳边吹过的声音，连蜜蜂扇动翅膀的声音他也很喜欢听”。这种写法，在作品中多处可见。

其次是写“光”和“影”。当盲孩子问影子：“你从哪里来?”影子回答：“我从阳光里来，也从月光里来，还从灯光里来……”又如影子的话：“光明是我的母亲，是她让我来到你身边陪伴你的。”等等。

当盲孩子渐渐恢复视觉时，又着重写了视觉和色彩，“他第一次看见一个淡淡的光点在他的手心里移动着”，“无数只萤火虫组合成一盏美丽的明亮的灯，一会儿闪着幽蓝的光，一会儿又闪着翠绿的光”。还有结尾部分，关于太阳、月亮、彩虹、花朵、绿草、露珠……姹紫嫣红，色彩纷呈，都是以光，以影，以色彩，来表现一种意境，借意境的变化，来表现情节的发展。

最后谈谈语言。由于这篇童话不以情节取胜，而是以情感人，所以也被人称之为“抒情童话”。我认为这种风格的童话，语言应当是优美的、简洁的、凝炼的，应当像诗一样；还要具有较强的表现力，讲究含蓄，讲究象征，讲究节奏等等。

我是带着写诗的激情，带着写诗的语感，来创作这篇抒情童话的。

（这是作者应邀为人民教育出版社《语文》七年级上册教师教学用书写的一篇短文）

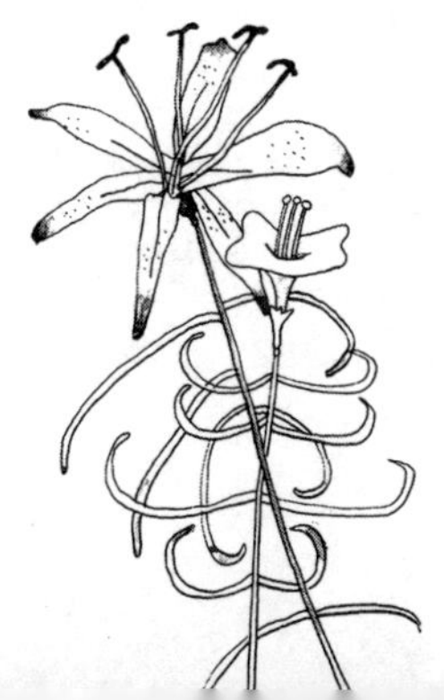

春天在我的心里

——《春的消息》创作体会和教学建议

这首诗写于三十多年前，是我自己曾经比较满意的一首短诗。它作为组诗《春的消息》的第一首，曾受到好评，并收入多种选本。收入内地和香港语文教材的，我看到的有四家。这组诗曾获得首届上海儿童文学园丁奖(后更名为“陈伯吹儿童文学奖”)优秀作品奖。1986年再次获得中国作家协会首届(1980～1985)全国优秀儿童文学奖。

我之所以偏爱这首诗，是因为它写得真诚、自然，不刻意。我常常把它看作是从心底自然而然地“流”出来的一首诗。

在以后的日子里，每当我重读这首诗的时候，我都惊喜自己曾经有过那么一种将全身心融汇于童年的大自然的欢愉，并将这种感受不加修饰、顺畅自然地抒写了出来。

记得我投身大自然的时候,并非春的季节,却时值冬季。但我感受到的却是春天,以至于想象中的都是春天的蓬勃生机。我的心境也是春暖融融的。春天在我的心里。

我不但发现了春天,春天也发现了我,我和春天融为一体。因此,我才能细腻地感受春天。

色彩,这是最具大众化的审美趣味。最能引发我对大自然充满爱心的是色彩。我首先看到的是“风,摇绿了树的枝条,/水,漂白了鸭的羽毛”这是生命的颜色,纯洁的颜色,它们在“明丽的太阳”照耀下,更是充满了生命力。

大自然的春天,也赋予了我生命力,不但使我获得了蓬勃的精力,也使我获得了欣喜的心情。

欣喜的心情充满了爱。在春天,我感受到大自然的万物都与我的心灵相通,我们和谐地生活在一起,彼此绝无猜忌和伤害。因此,当我“看到第一只蝴蝶飞”,“我高兴地捉住它,/又爱怜地把它放掉”。

这种嬉戏充满了纯真的友爱。当“看到第一朵雏菊开放,/我会禁不住欣喜地雀跃”;我还会问它“小花朵,你还认得我吗?/你看我又长高了多少”。这种心理,这种举动,既是我孩童时代曾经体验过的,也是我此时此刻愿意再一次体验的。

我真诚地将自己的整个身心袒露给大自然，我总是怀着这样的深情向大自然说：我的生命之源在你那里，我愿以整个身心拥抱你。因此，我愿“唤醒沉睡的溪流，/听它唱歌，和它一起奔跑”。

如果说前面写了一连串的动作，结尾似乎写的是静态的感受：我愿“躺在田野上”，享受一下头顶“明丽的太阳闪耀”，但春天充满了生机，一时一刻都不会停止蓬勃的生命。大自然是动的，“身边又钻出嫩绿的小草”。大自然永远给我们预想不到的快乐。大自然是我灵魂的摇篮。

在这大自然的摇篮里，我得到了最惬意的享受。我变得好奇、欣喜、真诚、敏锐。因此，更善于发现和表达。我只要把这种心灵的感受，心灵的眼睛所看到的，如实地说出来就够了。这时候，技巧已显得多余，不加修饰，不必刻意润色的文字，才是最纯朴、最真诚的文字。

越是真诚的情感，越是纯朴的，越是诗的。

诗表现的就是真情实感，诗也呼唤着真情实感。

由此我联想到诗歌教学。一般地说，诗的特质在于抒情，所以诗的教学活动应当自始至终贯穿一个“情”字，以情动人，以情育人。写诗要动之以情，读诗也要动之以情。诗歌教学要引导学生进入诗的意境，唤起他们的想象和联想，去补充诗歌跳跃留下的空间，让读者的感情和诗的意境融在一起。

诗歌教学应当是比较容易调动学生学习的积极性的，他们可以成为诗歌的“抒情主人公”。不但可以“补充”诗歌留下的空间，还可以“发现”诗歌背后的故事，还可以用“再创造”的方式（低年级可以“仿写”，中年级可以写“同题诗”，高年级可以以想象和联想的方式“自由命题”）。

当然，诗歌教学需要特别强调的是，体会诗歌的语言美和音乐美。诗歌教学不仅需要“目治”，还需要“美听”，前者着重从文学语言上学习诗歌语言的规范和张力，后者着重从朗诵中体验诗歌的韵律美。

我认为，诗歌教学有更广阔的教学空间，也最富于教学个性。

（作于1978年1月30日）

如果你也是小雨点儿

——《雨点儿》的创作体会

在我的印象中，雨，是文学中离不开的题材。在儿童文学中，它更像一个小精灵，变换着不同的身份，引逗得小读者趣味盎然，百看不厌。

我对雨情有独钟。我在儿歌中，写过房檐下的雨，“沙沙响，沙沙响，雨点儿落在房檐上；房檐上，挂水珠，好像一串一串小铃铛……”（《雨铃铛》）我在童话里写过雨点儿：“一落地就变成了数也数不清的雨人，小小的、亮晶晶的雨人！”（《雨人》）我在诗中还写过神奇的雨点：“连那小雨点儿都会变魔术/落在地上立刻就变成了蘑菇。”（《雨中的树林》）

雨，是儿童眼中的风景，是有趣的玩伴，是想象中的精灵。雨是写不完的。我又写了这篇散文《雨点儿》。

说起幼儿散文，在我的一本幼儿散文集《等待好朋友》的“后记”中，我曾写过这样几句话：“幼儿散文真是一种奇妙的文学样式，它有时像童话，有时像故事，有时像散文诗，有时像知识小品。……能欣赏散文了，也就能欣赏童话、故事、诗歌了。”这里有两层意思：一是给幼儿（包括小学一二年级学生）写的散文，要多一些想象，多一些情节，多一些知识，而不能像写给成人看的散文那样直抒胸臆。静态的抒情是很难让低年级小学生接受的。第二层意思是幼儿散文常常借鉴童话、生活故事和诗歌的表现手法，多种表现形式向幼儿散文中渗透。

这篇《雨点儿》，像一篇童话，它把两滴雨点儿拟人化，成为这篇散文的主人公，它们“从云彩里飘落下来”，一路上，通过对话表达着落在地上的愿望。对话让雨点儿性格化，而不同的雨点儿的不同回答，又让它们更个性化。

一滴雨说：“我要去有花有草的地方。”这一回答，比较好理解，因为那里的花花草草需要雨。

另一滴雨说：“我要去没有花没有草的地方。”就可能有悖于常理了。而这一句正是作者刻意要表达的，也是这篇小散文表达主旨的重要内容。

对于刚上小学一年级的学生来说，这一句也是最需要动动脑筋的地方。

两滴雨点儿的对话，是两个层次，各有自己的心境。我想，如果小读者着眼于此，能大体理解了两滴小雨点对话的异同，也可以说，就是理解了这篇课文的主要意思了。

“有花有草”和“没有花没有草”，两句对话中，后一句比前一句虽只多了两个字，但所表达的感情是不同的。去浇灌花草是一种贡献，去浇灌没有花没有草的地方，让干旱的土地湿润起来，从而长出花、长出草来，也是一种贡献啊！

这篇课文，虽然采用了一些童话的手法，但它还不是严格意义上的童话。它情节简单，没有曲折跌宕。但全文语句跳跃，还是留给了小读者一些想象的空间。

如果启发同学展开想象，沿着小雨点的思路想下去，比如问他们：“如果你也是小雨点儿，你会落到哪儿去呢？”又比如问他们：“那没有花没有草的地方，后来变成什么样子了，你去想象一下。”你会发现低年级的小学生人人都像小诗人一样，有着丰富的、独特的想象力。

数不清的雨点儿，从云彩里飘落下来。

半空中，大雨点儿问小雨点儿：“你要到哪里去？”

小雨点儿回答：“我要去有花有草的地方。你呢？”

大雨点儿说：“我要去没有花、没有草的地方。”

不久，有花有草的地方，花更红了，草更绿了。

没有花、没有草的地方，长出了红的花，绿的草。
（《雨点儿》，人民教育出版社《语文》一年级上册）

有数不清的雨滴，从同一片云彩里飘落下来，一起飞翔很远很远的路程。

在半空中，一滴雨问另一滴雨：

“你要落到什么地方去呀？”

雨滴回答：“我要落到有花有草的地方。”

接着，它又反问道：

“那么，你落到什么地方去呢？”

雨滴回答：

“我要落到还没有花、没有草的地方。”

于是，在一阵雨后，有花有草的地方，花更红了，草更绿了；没有花、没有草的地方，也长出花长出草了。

（《雨》，原作）

在阅读中培养幼儿的语文能力

——答《幼儿画报》主编张楠问

张楠按：幼儿的成长过程，是一个不断学习的过程。我们提倡快乐学习。从幼儿园升到小学，对幼儿、对家长，都是一个艰难的衔接过程，但我们能够让这种衔接自然而快乐。

因此，就阅读中如何完成“幼”“小”衔接中幼儿语文能力的培养问题，我采访了北京儿童文学委员会主任、国家教材审定委员会小学语文审查委员金波先生。

张楠：许多家长希望孩子在阅读中不仅培养品质，还能潜移默化地达到启智，如认字、思维训练等目的。您说父母在和孩子一起阅读《幼儿画报》时，“指读”(边指边读)是不是一种很好的阅读方式？

金波：这是大多数家长采用的阅读方式。这种方式营造了一种亲情氛围，让孩子首先感受到的是在亲人的呵护下进行学习，因此，学到的不仅是认知的知识，还有情感的交流，让孩子感受到的是“我和爸爸妈妈一起学”。其次，“指读”因有肢体的参与，它的指向性明确，可以使幼儿学习精神集中，提高学习效率。这种学习方式，还可以给孩子一种游戏的感觉，而不是“正襟危坐”，可以消除疲劳感。

张楠：目前，许多家长在教孩子读古诗，在这个过程中应注意什么？

金波：在这个过程中，应该注意把握幼儿的年龄特点。不同的年龄，幼儿对语言的接受程度是不一样的。对幼儿来说，可接受的诗体为儿歌、古诗和新诗。一般三岁左右的幼儿多读一些浅显生动的儿歌更好些；四五岁的孩子可以朗读古诗了；再大一些的孩子读一些新诗，对于他的语言发展及审美素养的提高很有好处。从这个大体的顺序上看，你会注意到，对于幼儿学诗，年龄越小，越要注意诗的音韵节奏。悦耳动听，才能“根于心”。古诗是很讲究格律的，幼儿容易被它的音乐性所感染，在内容上不一定都能理解。但古诗可以“储存”在记忆里，在成长中慢慢“消化”。至于新诗（白话诗），由于是用口语写的，语言上障碍少，内容上好理解，但由于音韵节奏不如前两种音乐性强，所以不容易朗诵和记忆，但新诗便于幼儿学习语言表达，培养美感。

张楠：金波先生，您为《幼儿画报》策划了“看涂写画游戏屋”这个栏目，让孩子发挥主动性，动手动脑，自己创作一本书，这个策划在2002年公布后，很受家长欢迎。请问，您是否认为让孩子自己编讲故事，对于他们语文能力的提升有很大帮助？

金波：是的。幼儿涂鸦式的写写画画也是一种表情达意的方式，甚至是人的天性。我们应当顺应这种天性，培养他们艺术的表达方式，培养创造能力和审美趣味。他创作了自己的“第一本书”，这是他艺术创造力的萌芽，是他想象力的第一次飞翔，是他的第一次“艺术创作”，如果能用“第一本书”的形式固定下来，就是让幼儿体验成就感，加强他的自信心。这一切，在人的一生中是很有意义的，设想一下，当你的孩子长大成人以后，你把他的“第一本书”送到他（她）的面前时，他（她）一定会在忍俊不禁中，涌起那一段美好的记忆。“第一本书”是人创造的“第一笔精神财富”。

张楠：金波先生，我知道，您最近一直忙于小学语文教材的审查工作，您能否谈一谈，小学低年级语文课程主要培养什么？

金波：进入小学学习语文，就要在课程标准和教学计划的规范中学习。语文作为一门课程，就是要培养学生热爱祖国语文的思想感情，并在老师的指导下正确理解和运用祖国语文，如识字、写字、阅读、写话、口语交际等能力。这些能力，有的在幼儿园或在家里，就已经开始培养了，所不同的是入学后的学习是有计划、有要求、有标准的。当然，对于低年级学生来说，培养学习兴趣和良好的学习习惯是很重要的。所以在《语文课程标准》中对一二年级的学生要求他们"喜欢学习汉字""喜欢阅读""对写话有兴趣""对周围事物有好奇心"等等，都是为了"使他们逐步形成良好的个性和健全人格，促进德、智、体、美的和谐发展"，而这些，在幼儿阶段就已经开始给予关注了。因此，就语文能力的培养来说，幼儿和小学的衔接，是循序渐进，自然而然的。

（原载《幼儿画报》2003 年第 1～2 期）

关于幼儿文学作品和教材的一封信

××同志：

来信敬悉。

知道您将编一套幼儿文学的补充教材。这是一件很有意义的工作。我支持您，并祝愿您圆满地完成这一任务。

我曾经专门给幼儿园的教师讲授过《幼儿文学课》(包括“概论”和“创作”两部分)。在教学中，我深感“教材”和“作品”二者有一致的地方，但也各有侧重。比如教材，就比较注重教育的针对性，要求作品贴近幼儿实际生活，要求主题明朗、直接，甚至要有点“实用价值”；而“作品”，比较注重文学的审美功能，比较含蓄，多给读者留些想象的空间，不必过分强调针对性等等。这样，就在作家创作的文学作品和幼儿教师选用的教材中间，出现了标准不完全一致的情况。这是多年来存在的问题，也是编选这类“教材作品”的难点。

造成这种情况的原因，我认为有几点：

一、文学作品与教材二者之间确实不能完全画等号。因为目的性与达到目的的手段略有不同。教材是通过教学手段达到有针对性的教育目的，作品则是通过自发的阅读（或听赏）得到愉悦（教育的针对性并不那么突出）。

二、有些教学经验不太丰富的幼儿教师，还不善于从文学作品中挖掘其教育的内涵，不善于通过教学的再创造，让孩子在潜移默化中受到感染，引起共鸣，从而受到教育；教师比较习惯于那种有明确的教育目的的作品，却不善于通过艺术分析（分析人物形象、细节描写、语言特点等等）启发孩子们认知作品的教育思想。

三、当然也有作家不熟悉幼儿生活和幼儿审美趣味的问题，因而造成作品“成人化”的原因。

解决这一问题的途径，我认为首先要从提高幼儿教师的文学素养做起，向他们多推荐一些教材之外的好作品（可惜很少有专门为幼儿教师编选一套幼儿文学加赏析的书）。其次，还可辅导他们学习幼儿文学的创作，让他们亲身体验一下文学反映现实生活的规律。我想，只有幼儿教师的文学水平提高了，教学水平也就会相应地提高，拿到好作品就会有用武之地。

基于上述粗浅的认识，我认为你们编的这套“教孩子用的资料本”，既有别于现在规定的幼儿“语言课”教材，又有别于一般的纯文学作品集，它应当是文学性较强，又有明确的教育目的、有一定针对性的选本。当然，二者兼顾有一定难度。我建议不妨请作家和教师互相切磋，加强探讨，对于入选的作品，既要请作家在语言文字上做一些规范的工作，还要请教师不受教学模式的束缚，多多着眼于作品的审美功能，强调一下“寓教于乐”的原则。对于入选的篇目，可请有写作经验的教师写一点“教学提示”一类的文字。这样，既注意了文学性，又给教学提供了参考方案，使之在注重文学性的同时，也有了一定的针对性和实用性，使教师通过使用这套补充教材提高教学和文学两方面的水平。

根据我为幼儿创作的体会，写出的作品能被文学界认可，又能被选作“教材”，实非易事。搞创作的常着眼于艺术上的创新，宁肯含蓄地反映现实生活，把作者的观点“隐蔽”起来，也不愿直白地点明主题。因而很容易被认为是教育的针对性不强。其实二者应当是相通的，关键是，一要作品在内容与形式、思想与艺术上高度统一；二是使用教材的人要会分析文学作品，会启发孩子欣赏文学作品。

如何发挥幼儿文学的多种功能，这是摆在作家和教师面前的共同课题，我们应当携起手来共同努力。

啰啰唆唆写了这么多，希望听到您的意见。

书不尽意，余言后续。祝

好！

金　波

×月×日于北京

（原载《幼儿读物研究》1994 年第 20 期）

儿童诗的创作、阅读和教学

这次和老师们见面，一起交流诗歌创作和诗歌教学问题，真是一件快乐、温馨，甚至有些浪漫的事情。诗是庇护心灵的艺术。此刻，我虽然是坐在台上，但面对听课的老师，我是在仰视你们。我的目光像一缕春风，吹拂过你们的面孔，有的熟悉，有的陌生。无论是熟悉还是陌生的，都会让我感到亲切。面对听课的老师们，我有一种回归童年的感觉，我又变成了那个瘦弱内向的孩子，我又回忆起了老师对我第一首诗的赞扬，小学毕业时，还在我的“纪念册上给我题了一句话”（后来我写了《纪念册》）；我又想起因为上墙头摘桑葚而受到罚跪的惩罚，是一位年轻的老师说情才结束了这场灾难（后来我写了《紫桑葚》）；我想起由于老师要结婚，我们小学生的颓丧和失落（后来我写了《老师要当新娘》）……尽管现在我比台下的老师年长许多，但我仍有一种坐在课堂上听老师给我上课的感觉。

这是一种挥之不去的记忆。

这是一种永远铭记心中的感情。

甚至可以说，这是我半个世纪从事儿童文学创作的动力和源泉。

来此上课之前，我先去拜望了我中学时代的老师王建瓴先生。我对他怀有一种面对父亲的感觉，从他那里，我得到鼓励、关爱和教育。从他那里，我得到了激励、激情，我就是怀着对老师的感激之情幸福地见到你们，给你们讲课。

带着这种感觉来讲课，最适宜讲诗。

诗是我们一生，从婴儿到老人，都不可缺失的精神营养品。被诗滋养着的心灵，是柔软的、温暖的、敏感的、细腻的。

下面开始讲课：

第一个问题，诗的特质以及在教学中的位置

诗的特质是抒情。抒情首先是感动自己，才有可能发而为诗；感动了自己，才有可能感动读者。感动自己和感动读者，这是诗歌创作和阅读的最佳境界。我想也该是诗的最佳状态。

诗不擅长讲故事，这常常成为孩子不喜欢诗的理由。

孩子不喜欢诗，这是我常常遇到的问题。

我想先问问老师：老师，你喜欢诗吗？如果你不喜欢诗，先听我读几首孩子写的诗：

月　亮

邱　思

就像一个
无家可归的孩子

我们走到哪里
她就跟到哪里

这是孩子的想象，很奇特，很感人。这种想象的缘由，还是不能脱离作者生活的感受。激发我们想象的可能更多。

思　念

因为思念
消瘦了吗

月亮
一直对着水面
照镜子

这种想象真是有趣，月牙的外形让人想象“消瘦”，但为什么要“照镜子”呢？这中间的跳跃，又给了我们多少想象的延伸。

城 里 的 树

乡下的树
兄弟姐妹很多

城里的树
却都是独生子女

表面写树，这也是孩子的本意，但在诗背后，我们是不是可以读出“弦外之音”呢，这就是诗的内涵。

一把伞下四条腿

赵小臣（北京市芳草地国际学校远洋分校）

那年
我大约三岁
妈妈带我到公园里做游戏
我发现
一把长椅上
张开的太阳伞下
一个人竟然伸出四条腿

因为好奇，才有发现，这发现可是个不平常的大发现，只有孩子的眼睛才能看到。

我很好奇
围着长椅转来转去
直到太阳伞拿开
我才知道
是一个叔叔在和一个阿姨亲嘴

孩子不但好奇，还在探索“围着长椅转来转去”，因为探索才找到了答案。

我大叫
叔叔阿姨再来一个
妈妈在远处哭笑不得
还有点生气
周围的大人也都怪怪的

大人和孩子的表现就是不同。这不同是因为复杂与单纯。

那时的我不明白
叔叔阿姨不是夫妻就是情侣

他们为什么不能公开地
甜甜蜜蜜

这个疑问好像有点荒谬,但却表现了孩子纯洁的境界。这首诗本身就是童言无忌的结果。单纯是对诗的要求,也是对诗歌技巧的要求。

再看看这两首诗:

山 里 娃

吉林省长春市周粲十一岁

早上
背上带补丁的书包
一走就是十几里
好远的知识呀

晚上
家里没灯的孩子
坐在外面
数着星星
好歹也是个算术

鼠年——致老鼠

阎　妮

我喜欢你们——
一双机灵的眼睛，
粉红的耳朵。
虽然爱做坏事，
可我还是喜欢你们。

如果我到了你们的王国，
一定要你们
洗脸、洗手、洗澡、刷牙。
还要教会你们
自己劳动，
干事不要偷偷摸摸。

我还要给你们
介绍个朋友——
它的名字叫猫。

我想，当我们读了以上这几首儿童写的诗，是不是有这样一种感觉：

我们在与自己渐行渐远的童年对话；

我们在与儿童双向互动；

我们是在对儿童世界的再认识和新发现。

其实，孩子们的诗，是一种心灵探秘的游戏，是激发想象力的竞赛，是审美的享受。

所以，教师阅读和讲解儿童诗，应当从儿童出发，站在“儿童本位”的立场上，切忌以成人的视角拔高孩子的诗，更不要用理性的解析束缚孩子的发散思维。

孩子的诗是一朵朴素的小花，但我们却可以从中找到一座花园。

基于以上的作品和对作品的点评，我们要明确这样几点：

第一，孩子是天生的诗人，他们最富想象力，甚至可以“无师自通”。

想象力，是人的特质，儿童是最富有的。儿童写的诗，是心灵的天籁，是本真情感的抒发，是一种原生态的歌唱。

它有丰富大胆的想象，有无技巧的“大技巧”，在质朴中甚至会有哲学的意味。

第二，诗是最富创造性的文学样式，这最符合儿童求新求美的天性。孩子写诗是轻松的，是一种游戏精神的体现。诗歌教学也应如此。

第三，读诗可以保持和培养这种想象力。这是诗歌教学的出发点和目的。

第四，诗可以培养儿童纯正的文学趣味。诗的凝练、精微、语言规范，特别是丰富的想象，有助于提高写作水平。

因此，诗在语文教学中的位置是不可忽视的，是重要的。

第二个问题，诗歌教学的目的

诗是文学的灵魂。我们是一个有着三亿八千万少年儿童的国家，又是一个有着数千年诗教传统的文明古国。学会欣赏诗，它的重要性不仅仅局限于知识的积累，而是对人内在的生命的熏陶和教育。它是一种人文教育，着眼于素质的自我完善和人生价值的自我提升。

诗歌能培养一个人良好的气质。孩子的天性本是喜欢诗的，但多种多样的传媒形式分散和干扰了这种天生的趣味。我们应当开掘这种被泯灭了的艺术感觉，倡导诗意的生活。具体地讲，有如下几个方面：

第一，培养纯正的文学趣味。

朱光潜说："一个人不喜欢诗，何以文学趣味就低下呢？因为一切纯文学都要有诗的特质。一部好小说或是一部好戏剧，都要当做一首诗看。诗比别类文学较谨严，较纯粹，较精微。如果对于诗没有兴趣，对于小说、戏剧、散文等等的佳妙处，也终不免有些隔膜。不爱好诗而爱好小说、戏剧的人们，大半在小说和戏剧中只能见到最粗浅的一部分，就是故事。所以他们看小说和戏剧，不问它们的艺术技巧，只求它们里面有有趣的故事。”“我们一定要超过原始的童稚的好奇心。”“要养成纯正的文学趣味，我们最好从读诗入手。能欣赏诗，自然能欣赏小说、戏剧及其他种类文学。”（朱光潜《谈读诗与趣味的培养》）

第二，读出感情来，引起共鸣。

以《信》为例：

信

我学会了写信，
用笔和纸，
用手和心。
我多么想写啊，
写许多许多的信——

替雏鸟给妈妈写，
让妈妈快回巢，
天已近黄昏。

替花朵给蜜蜂写，

请快来采蜜，
花已姹紫嫣红。

替大海给小船写，
快去航海吧，
海上风平浪静。

替云给云写，
愿变成绵绵春雨；
替树给树写，
愿连成无边的森林。

给自己，
我也要写
一封封信：
让自己的心，
和别人的心，
贴得紧紧、紧紧……

这首诗是回忆的产物，我小时候有一个强烈的愿望，就是给别人写信。我对信怀有一种圣洁的感情，只有人才能写信。信是人类文明、友善、和谐相处的标志。信可以表达自己丰富的感情。这首诗写于20世纪80

年代初，有感于人和人能够亲善、互助、相识相知的社会大环境，我把童年的一个愿望具象化。信的象征性可以激发孩子对于友情的渴望，激发这种感情的共鸣，是这首诗有可能达到的效果。

第三，读出想象来。

“没有任何骏马，能像一页奔腾的诗行，把我们带向远方。”

以《星星和鲜花》为例：

我最喜欢夏天——
满地的鲜花，
这里一朵，
那里一朵，
真比天上的星星还多。

到了夜晚，
花儿睡了，
我数着满天的星星：
这里一颗，
那里一颗，
又比地上的花儿还多！

这首诗的写作过程是，先写出了第二节，然后联想开去，又补充了第一节，先表现“满地的鲜花”，再引出“满天的星星”。写诗，需要想象和联想。没有想象和联想就没有诗。这首短诗，虽然是一首“题画诗”，但它不是照片的解说词，它只是激发想象的媒介，它让我想起“满地的鲜花”和“满天的星星”，用了互相衬托、互相比拟的手法，在语言上，用了重叠复沓的句式，描绘出天上人间，星花相映的意境，抒发了热爱自然、热爱家乡的情感，同时也可以激发孩子们丰富的想象力、联想力和创造力。

这首诗被收进小学语文教材以后，小学生模仿这一结构写了不少诗，例如张海楠小朋友写的《宝石和萤火虫》：

我最喜欢晶莹剔透的宝石：
阳光一照，
这里亮晶晶，
那里亮晶晶，
真比萤火虫还亮。

夏天的晚上，
萤火虫提着小灯笼出来了：
这里亮闪闪，
那里亮闪闪，

真比宝石还漂亮。

在我所到的小学，小学生的这类习作很多，说明他们的想象力很活跃，也说明我这首诗，在结构上、语句上易诵易记，容易模仿。

也有这样仿写的：

脚印和道路

我最喜欢路——
城市的道路：
这里一条，
那里一条，
比我的脚印还多。

我长大后，
走遍了天涯海角，
看着我的脚印，
这里一个，
那里一个，
又比城市的道路还多。

第四，读出形式的趣味来。

诗是最讲究形式美的文学样式。

读诗还可以让我们体验到故事情节之外的乐趣，这就是诗的独特的表现形式。

诗不但是最早产生的文学样式，也是在形式上处于不断地变化的样式。因此，读诗不能不注重它的形式。这也是读诗的一种趣味。

中国的新诗，从它诞生的那一天开始，就在不断地探索表现形式。仔细研究早年的新诗，就可发现，那时诗的艺术风格不同，表现形式也不同，有的遵守一定的格律，有的靠近民歌体，有的追求散文美。无论哪一种形式，诗都不可涣散，要凝练集中；诗都不可呆板，要气韵生动。如徐志摩的《花牛歌》，用了回环反复的结构形式，韵脚多变换，读来通体匀称。刘饶民的《春雨》，用了短句，拟声，读来流利上口，有很强的音乐性。这样的诗在结构上，在韵律上，在听觉上，都很讲究，可称得上是声音的图画。

还有一种图画诗，以诗行的排列形式来表现诗的内容，在台湾较盛行。

还有另一种乐趣，这就是从诗中读出画来。说到诗与画的关系，古人常以“诗中有画，画中有诗”加以褒奖。

诗有很强的画面感，借景抒情，情景交融，景语即情语，都可以让我们在读诗时产生种种幻象。而画又是有内涵的，画所表现的意境与诗意很贴近，这也就是诗与画的相映成趣。

读诗还有很多乐趣，如押韵、节奏、音乐性等等。

诗的教学着重于一个“情”字。诗的特质在于抒情，所以诗的教学活动应当自始至终贯穿一个“情”字，以情动人，以情育人。

写诗要动之以情，读诗也要动之以情。

诗歌教学要引导学生进入诗的意境，唤起他们的想象和联想，去补充诗歌跳跃留下的空间，让读者的感情和诗的意境融在一起。

诗歌教学应当是比较容易调动学生学习的积极性的，他们可以成为诗歌的“抒情主人公”。不但可以“补充”诗歌留下的空间，还可以“发现”诗歌背后的故事，还可以用“再创造”的方式（低年级可以“仿写”，中年级可以写“同题诗”，高年级可以以想象和联想的方式“自由命题”）。

当然，诗歌教学需要特别强调的是，体会诗歌的语言美和音乐美。诗歌教学不仅需要“目治”，还需要“美听”，前者着重从文学语言上学习诗歌语言的规范和张力，后者着重从朗诵中体验诗歌的韵律美。

我认为，诗歌教学有更广阔的教学空间，也最富于教学个性。

（2010 年 4 月 9 日在凤凰语文论坛“儿童阅读研讨会”上的发言）

文学启蒙，影响孩子的一生

几乎所有的人在童年的回忆里，都会保留一些古老的、抑或是动人的故事和动听的童谣。讲述与倾听，这就是文学启蒙，这就是最初的精神营养。

所以，安徒生才可能从二百多年前的丹麦进入到我们的生活中，所以，孩子们才会为卖火柴的小女孩流泪，才会被小王子带到遥远的星球，才会……于是，童年变得丰富，思绪开始飞扬。

幼年时期的文学启蒙是至关重要的，在这个时期，孩子们将认识第一个“坏人”和第一个“好人”，将第一次被某个角色感动，第一次把自己想象成故事里的勇士，第一次学会讲述故事，第一次拿起笔画下对文学的理解，第一次背诵诗歌，第一次自己创编故事，第一次完整地阅读一本书……

那么多的第一次，我们都希望是优秀的开始，于是，我们为孩子精心选择优秀的幼儿文学作品。于是,我们开始给他们阅读,让他们感受形象、色彩和声音。他们领略到了想象中的人物故事、耀眼的色彩和悦耳的声音。无论是一首儿歌,还是一篇童话,他已经开始亲近文学了。对于幼儿来说,文学启蒙,在一定意义上说,就是情感体验。其实幼儿的教育总是伴随着情感体验的。这样说来,幼儿教育是离不开文学的。列夫·托尔斯泰说:幼儿文学呈现出其他文学作品不具备的清晰、明确、温和、美丽的品质,焕发着源自纯洁童心和纯粹人性的理想光辉。

幼儿文学启蒙对幼儿的关怀和给予是多方面的,幼儿的读(听)文学,一直处于心灵世界的感受中。感受是文学启蒙的开始。感受越丰富,储存在感情里的东西就越多。那是可供人一生慢慢消化的营养。谁能忘记那篇短得不能再短的故事《狼来了》?第一次听这篇故事,也许只是被故事情节所吸引,或被不幸的结局所警示。但就是这么一篇小故事可以让你记忆一生,影响你一生。

文学启蒙的价值还在于它让孩子成为一个感情丰富的人。文学培养人的丰富感情,其直接的作用就在于感情让人更容易亲近生活,亲近美好的事物,亲近人,更容易分辨真与假、善与恶、美与丑,随着年龄的增长,更容易让人从感情的体验中提升到理性的认识。

幼儿的成长，不仅仅是生理的，还有心理的，后者又不仅仅是智慧的，还有审美趣味的培养。

对于幼儿来说，学会审美实在是他们心灵世界的黎明。

童话中的幻想，可以激发和满足他们的想象力，把他们导入一个神奇的世界，让他们如醉如痴，享受幻想的乐趣。

如果说童话使他们的想象飞腾，故事又可以使他们回返现实，贴近生活，让他们重新感受生活中的温馨和快乐，更能从故事中进一步学会待人接物，善解人意。

而幼儿散文是别有风味的，它也许没有童话的超拔幻想，没有故事的完整情节，但散文有精短的篇幅，有规范的语言，它所描绘的意境如诗如画，可以在孩子面前展现一幅幅文字的图画，一首首语言的歌曲。母语是美丽的，让孩子从小感受到这一点是重要的。

童谣以它美听的艺术效果，成为幼儿牙牙学语的材料，游戏的伴侣。童谣所特有那种"童时习之，可为终身体认；一儿习之，可为诸儿流布"的艺术功能，实在是其他文学样式无法企及的。

幼儿文学作为一个整体，应当全面地介绍给孩子。不同的样式有不同的审美功能，我们应当清楚如何使孩子喜欢各种不同的文学样式。

总之，作为幼儿的文学启蒙，至少包含了以下几个方面：

帮助幼儿认识自我、认识自然、认识社会；

理解真善美，丰富幼儿情感，锻炼道德判断能力；

激发好奇心，训练直觉能力、丰富想象能力；

是幼儿学习母语、发展语言的最好途径；

培养阅读兴趣和形成良好的阅读习惯。

还有更多的理由让我们重视幼儿文学，这种重视单单凭借我们对于孩子的爱和期待是不够的，还需要文学和教育的共同努力，需要更多的教师和家长参与文学的启蒙教育。在这个过程中，我们一起练就一双明亮的眼睛来选择优秀的文学作品，练就足够的心智去理解和传递优秀的文学作品。

重视文学的启蒙，影响孩子的一生。

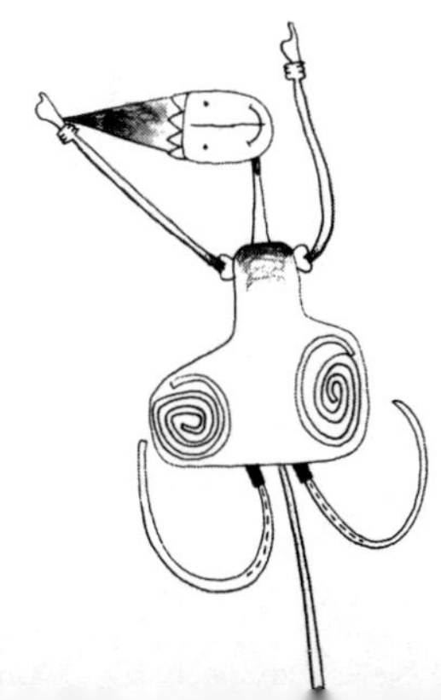

快乐为本学语文(答问)

记者:金波老师,您好!我上小学的时候就读过您的作品,时隔十几年,我在现在的小学语文课本又读到了您的作品,但我发现语文书比起我当年有了些变化,比那时候有趣了,更吸引人了,您说对吗?

金波:的确,我们国家自2001年开始语文教材改革,制定了“新课标”。语文的新课标就强调了“工具性与人文性的统一”,语文素养的培养,让孩子从小就热爱母语,有良好的语感,发展思维,等等。这些从哪儿来,就从让语文课本变得好读、爱读、有趣开始。

对于所有的孩子来说,阅读都要经过消遣型的自发阅读,到欣赏型审美阅读,再通过老师的引领,进步到探究式阅读。关注点也是从情趣,到情节,再到情韵和情境。所以我们首先提倡享受阅读的快乐,提倡多读儿童文学,不仅是孩子,希望老师也多读读儿童文学。老师在引导孩子阅读的过程中会发挥巨大的作用。

记者：我还注意到现在的课本中儿童文学的分量加大了，这是不是说明语文课文的选文方向有了改变？

金波：是啊，现在语文教材中儿童文学的分量占了百分之七八十，教育部明确规定“应该重视语文的熏陶感染作用”，这就要选择适合孩子阅读的儿童文学作品作为课文，这也是新课标的一大进步。优秀的儿童文学会影响人的一生。虽然一个小孩子读童话时，主要是被情节吸引，但留在记忆里以后，长大了还可以读，而且会有新的体会和认识。我读过一篇采访，有一位老教授就主张老年人也要读读儿童文学。他还举了一个例子，一天回到家，发现他的老伴在哭，忙问她怎么了。原来她在看一本图画书，感动得哭起来了。这就是说，成年人读儿童文学，还会有新的感悟。所以我一直强调，教师应重视儿童文学修养。

记者：应该说现在鼓励老师的参与，也是在让更多的人从小就发现儿童文学的魅力。金老师，这是不是也是新课标强调的“语文课程应该是开放而富有创新活力的”？记得您曾谈到过“大语文”，我们《少年文艺·写作版》创刊时也提出了“大作文”的理念，因为我们认为真正的作文同样不是孤立的，和很多内容，比如阅读，日常的生活其实是相关的。

金波：说到写作，"新课标"一直强调低年级"有兴趣""写自己想说的话"；到了中年级，就强调"留心周围事物，乐于书面表达"；到了高年级，就强调"珍视个人独特感受"。所有这些要求，都是从儿童出发的、很人性化的。所以我强调少年儿童学习写作要"尊重儿童天性，倡导快乐作文"。关于尊重儿童天性，我还有个小故事可以说说。

小学生参加夏令营，有一个孩子发现了毛茸茸的狗尾巴草，就兴奋地告诉同学们："我知道，狗尾巴草是狗屎变成的！"孩子们都很好奇，原来臭烘烘的狗屎能变成这么好玩的植物。对于孩子的这种"独特思维"，我看不必忙于纠正他的知识错误，倒是可以更大胆地激发孩子的幻想力，让他们淋漓尽致地编童话故事，在这个过程中，不但满足了他们的好奇心、创作的欲望，还可以最终获得正确的知识。

记者：我想，如果老师忙着板起面孔批评他们的错误知识，他们一定会很扫兴的。

金波：是的。我就对这些孩子们说，你们说得很好啊，你们的想法很新奇、很有趣，如果把它写出来就是一篇很好的童话啊！如果大家一起来编故事，就很好玩的。于是我就启发大家接着编：想想看，一只小狗的大便变成了一棵小小的狗尾巴草；那么一匹马的肯定会更大，变出来的植物也要大一些；一头牛呢？再接着往下想，一头大象呢……

记者：啊，这简直像是一本图画书了。金老师，您一直保持着这么旺盛的创作力，我想和您保持着丰富的想象力和一颗童心是分不开的吧。应该说，您本人就在身体力行您的理念。再次感谢您对中国孩子的呵护和引领！

（原载江苏《少年文艺》2007 年 7～8 期）

第三辑

我的儿童文学创作谈

我为什么为儿童写作

一

我为什么为儿童写作，这似乎是一个不易回答的问题，也许只能通过写作时的那种感觉加以说明。

每个人的心中都有一个童年时代的自己。如果你早已长大成人，甚至渐入老年，但仍对自己的童年保留着新鲜的感觉，说起童年的故事，还是津津乐道，回忆起童年的快乐或悲伤，永远感到亲切，心中涌动着怀恋之情，那么，你可能就具备了为儿童写作的禀赋。

从自己的这种感觉出发，你会自然地亲近儿童，走向儿童。你和他们没有年龄的界限。你在"心灵上"仍是一个孩子。

我永远不会忘记我的童年时代。那是一个独立的儿童世界。在那个世界里，孩子对于亲人的依恋，孩子之间的友情，孩子和大自然的默契，这一切构成了童年时代的乐趣。

游戏是儿童最大的精神享受。没有了游戏，也就没有了童年。游戏是维系儿童精神世界的营养。

玩具是儿童忠实的伙伴。那些泥塑的、木雕的、纸折的，虽然都很简陋，却使我们的童年闪烁着智慧的曙光。

还有图书。我永远不会忘记读第一本书的情景，母亲为我唱诵一本旧杂志上的童谣，我立刻沉浸在音乐之中，那独特的美妙的感觉，使我终身体认。我开始学会感受语言艺术的魅力。

我为保留着童年的这些记忆和感觉而拿起笔。每当我为儿童拿起笔写作的时候，这些童年的记忆和感觉，就变得更加清晰、鲜活、有趣。

二

我的儿童文学创作是从诗歌开始的，严格地说，是从那些具有歌唱性的童谣开始的。

我早期的创作，大多是可以谱曲的歌诗。我要感谢那些与我长期合作的作曲家们，为把诗变成歌，使我严格遵守歌诗的韵律和结构。

不久，我就开始写不受作曲制约的自由诗。但是，我最初得益于写作歌诗的严格训练，使我对于诗的音乐性有着敏锐的感觉。

我为儿童写诗，从构思开始就伴随着音乐性。我从来没有感觉到音乐性的束缚。相反，文思与乐思永远相辅相成。诗歌如果失去了节奏、韵律以及旋律，也就失去了诗歌本身。为儿童写诗，尤其如此。

诗歌创作不仅锻炼了我对音乐性的敏感，更为重要的是对于文学灵魂的追求和把握。

诗歌在所有文学样式中，是最凝练、精微的样式。它最注重意蕴。诗是想象的艺术、思考的艺术。

我和许多人一样，是从写诗开始走上文学之路的。无论他后来是否成了诗人，但写诗的经历，可以锻炼一个人的艺术感受力和深邃的思考。

我是一个执拗地偏爱诗歌的人，因为诗歌最能够直接地表现内心世界，最适合我营造艺术氛围和直抒胸臆的气质。诗歌创作培养了我锤炼语言的写作习惯。

我喜欢诗歌所特有的气韵。

我认为诗歌可以通向一切艺术。

三

写诗，使我获得了一种独特的艺术感觉。通过写诗，我觉得我找到了文学的感情价值。此后，我开始了童话创作。

其实，在我创作诗歌的时候，应当说已进入了童话的境界。诗歌的凭借想象，是与童话相通的。为孩子写作，诗的意境常常就是童话的意境。

在童话分为“热闹派”和“抒情派”的时候，我自然而然地走到了“抒情派”的麾下。

我是一个不善于讲故事的人，常常喜欢淡化那些曲折的故事情节，而着意表现情感和意趣。爱和美，善良和纯真，最易引起我的关注。有时候，哪怕是成年人的感受和理解，我也常常把它们“转化”为儿童的幻想和情趣加以表现。

我的童话，有不少可以说是诗的“变奏”。有的一开始写的就是诗，而后“改写”成了童话。我把诗所特有的浓郁的抒情意味注入到童话之中。

我深知“热闹派”童话的长处。儿童文学中的游戏精神符合儿童的天性。但是，我很少能写出这样的童话。即使偶尔写了一两篇“热闹”一些的童话，也只能说是一种“变调”和“间色”。

我在想，孩子们自然是喜欢吃香甜味浓的糖果的，但是否也可以给他一枚小小的橄榄，并教他学会品尝回味呢？阅读童话，除了可以从那些夸张、幽默、曲折，甚至于怪诞的故事情节中获得阅读的快感，也可以给他们一些清丽柔美、富于意蕴的童话，那是一种较为持久地储存在童年记忆中的感情体验。

四

收入这本选集的分为三辑：童话、散文、诗歌。

我写儿童诗的时间最长，数量最多，但收入这本选集的并不多，这是为了避免与其他选本过多的重复。

收入的童话较多，为的是让读者了解我创作的新领域，并给予指教。

还收入了一定数量的散文。有些散文，我是当散文诗写的。诗美应是抒情散文的灵魂。为儿童写散文，情趣是散文的微笑。

近一两年，我为儿童写了一些十四行诗。这是一种外来的比较古老的格律诗。我国不少诗人都写过十四行诗，但似乎很少有人为儿童写。我做了一些新的尝试。

倏忽之间，已年过花甲。但我心中的孩子永远天真、单纯，如春天的花朵。我仍在为他们写作。

（1996 年 3 月写于北京南沙沟寓所，原载《金波作品精选》，河北少年儿童出版社 1997 年 8 月第 1 版）

追求完美的感受

——北京书简

××先生：

今天下午收到你的来信，十分高兴，这不仅仅是因为你们决定刊用班马先生的文章，更让我高兴的是，从你对他的评论的肯定中，透露出你对我的诗的理解。一个作家，当他渐渐进入老境时，他更喜欢审视自己和自己的作品。你的这封短信，让我又重读了一遍班马先生的评论。我像在审视另一个"金波"，一个熟悉而又陌生的"金波"。说"熟悉"，这是因为这些诗的确是我写的，我深深记得写这些诗时的心境和诗背后的故事；说"陌生"，是因为我创作时所特有的那种朦胧心绪，被别人点化得如此清晰，清晰得让我惊喜。比如说，班马认为我的诗"是一种'绿色'的审美"，甚至认为"金波先生是很绿的"（说真的，我第一次读到这句时，玩味了许久，也不敢说理解了它全部的含义)。对于我来说,“绿”是一种心境,要想说清楚这心境,是颇为繁难的。班马先生却说得很明确,这就是他指出的“几大阅读概念”,即“绿色、温情、良家、母爱、审美者、儿童歌曲”。我想,这既包含了内容,也包含了形式。

我是一个完美主义的追求者。追求完美主义常常会感到孤独,甚至忧郁。因为“完美”几乎是不可企及的。而追求不可企及的,当然会伤感。但是,它不会让人颓唐,相反,追求“完美”会使人振奋、进取。仅是那追求的过程,就会带给我欣慰。应当说,这是我的诗歌的基调。

还有一点感受,我写的诗,大多被称作“儿童诗”,它既是“儿童”的,又是“本真的我”的。这个“我”,包含了我的童年时代的纯真,青年时代的情愫,也包含了老年时的思考和智慧。无论哪个年龄段的思想感情,都有儿童可以接受的,所不同的在于表述方法。

表述是一种才能。善于向儿童表述还是一种天赋。

儿童文学家不仅不能“自封”,也不能“培养”。但是,可以“发现”,我们可以帮助他“发现”自己,发现那种天赋。有这种天赋的作家,即使他声称自己的作品不是为儿童写的,也仍然会受到儿童的欢迎。我想起西班牙作家、诺贝尔文学奖获得者希梅内斯,他在他著名的《小银和我》的序言中这样写道:“我从来没有给孩子们写过什么,将来也不会。因为,我相信孩子们可以读大人们读的书。”但是，恰恰就是他这本“大人们读的书”拥有那么多小读者。所有西班牙语系的国家，都选它作为中小学的课本。我想，即使是真正的儿童文学作品，也很少能受到如此的厚待。我说这些话的意思是想表明：为儿童写作当然要准确地把握儿童的心理特征、接受能力和审美趣味，但还需要有作家本真的自我。这自我表现得越充分、越真实，越能显示作品的个性。而这，是作品不可缺少的。

我写儿童诗，首先是生活感动了我。这个“我”虽然已是一个成年人，但那个“童年的我”一直藏在心中。所谓感受生活，对于我来说，从来都是“双重性”的，既感受成人的思考、智慧，又感受儿童的纯真、情趣。我想，在为儿童写作中，应当努力使这两种“感受”得到完美的结合。这也是为什么为儿童写作是最幸福的事业的根本原因。

没想到你的一封短信引发了我这一番饶舌，是该打住的时候了。

寄上我的几本书，请惠正。年轻的声音，对于我来说，弥足珍贵。

祝

新春好！

金波

2002年2月22日　于北京

儿童文学创作的审美与灵感

——创作的点滴体会

我曾在一首题为《雕像》的诗中，写下过这样两行诗：

我们都不会衰老，因为我们
能赋予石头一个美丽的灵魂。

我们从事儿童文学创作的人，就像一个雕塑师，可以把一块粗糙的石头雕塑成一个精美的艺术品。这艺术品一方面是指我们的作品，一方面也指我们服务的对象——我们的孩子。

我们在劳动，同时也在雕塑着自己。我们和孩子、和作品一起成长。

儿童文学家没有年龄的局限性。

儿童文学家生活在“没有年龄的国度”。

儿童文学家和所有的艺术家一样，最重要的条件之一就是审美能力。

审美能力哪里来？

和所有艺术家不同的是，儿童文学家要对孩子有一种特别细致、温暖和智慧的热爱。

热爱产生才能。

热爱和才能，养成了我们儿童文学家的审美能力。

艺术的审美能力，最讲究个性。作家个性化的审美能力十分珍贵。安徒生童话的诗意，是他的审美的特点，这特点源自他“个性化的诗意”。他的悲悯情怀，他对爱的不懈寻觅，构成了他童话的鲜明特点。一言以蔽之，安徒生第一个把他的身世对象化了，即把自我的生活感受、审美追求融进了他的童话创作中。

儿童文学家的创作虽然是为孩子服务的，但并不淡化作家个人的审美特色，恰恰相反，还要强调作家个人的审美追求。林格伦的审美观就是强调“对孩子所讲的东西必须是真实的，也只能是真实的”。真实的就是美的。因此她尊重儿童的天性，皮皮的形象就是儿童天性的真实写照，就是儿童天性正常发展的一个化身。她的审美个性决定了林格伦童话夸张、幽默和民间口头文学的质朴。

列夫·托尔斯泰在他专门为农民的孩子编创的《启

蒙读本》中，处处显示了这位伟大的俄罗斯作家的审美个性，他认为给儿童写作，除了内容之外，还有技巧问题，“短小精悍、质朴无华”，这是“艺术技巧达到炉火纯青的表征和实证”。正是由于他的这一审美追求的引导，他把《启蒙读本》中的作品写得质朴、精练。他为一则小故事《人靠什么活着》的开头，修改了十二次。他说：“它们中间每则故事我都加工、修改、润色多达十来次，它们在我的作品中所占的地位，是高出于其他一切我所写的东西的。”

审美的个性不仅决定了作家作品的艺术风格，还决定着作家写作的态度和方法。

第二个问题，我想谈谈儿童文学创作中的灵感问题。一说到灵感，我们往往会首先想到诗歌。是的，灵感是诗的催生剂，灵感几乎是与诗同时产生的。但其他的文学样式同样需要灵感。重要的是我们常常忽略它，它稍纵即逝，我们却忘记捕捉它。

灵感的出现是一种心理现象。灵感的到来，其实是作家艺术家创作力高度活跃的一种精神状态。灵感所具有的偶然性、爆发性和创造性，其实就是融合在一起，共生于我们的精神活动中。认同它并及时地把握它，是十分重要的。我们每个人回忆一下自己的创作过程，都会体验到灵感到来的那一刻，那令人激动、令人振奋、令人思路活跃的时刻。

我仅举一两个例子说明这个问题：

1885年，詹姆斯·巴里迁居伦敦，住在肯辛顿公园附近，每天上下班的路上，他都会看到几个小孩子扮作童话中的仙女和海盗。作家被邀请参加，一直玩到天黑。就是这段生活经历激发了他创作《小飞侠彼得·潘》的故事。一个偶然的游戏，激活了他的想象力，进而通过生活的积累和联想，诞生了这部世界名著。设想，如果没有那场孩子的游戏，没有这个契机，我们也许就读不到这部名著了。

另一个例子是《水孩子》的创作，1862年英国作家金斯莱，在一个春天的早晨，他四岁的儿子说，家里的其他三个孩子都有为他们写的书了，唯有这最小的孩子还没有。于是，金斯莱关上了门，用了一小时，写出了《水孩子》的第一章，从而有了这部世界名著。

我举一个自己的例子来结束我的发言。有一天，我去散步，途中遇到一对母女，小女儿刚学会走路，一路让妈妈抱着她走路，妈妈不肯，就用身边的我激励小女儿："你看，爷爷这么大了，都不让抱，还自己走路，你呢？"我用微笑鼓励小女孩和我一起走。于是，她高兴地与我牵手同行了一段路。为此，我写了一首短诗：

孩子，
你刚刚学会走路，

我却已步履蹒跚。

让我们手拉手，
让我们一起走。

行走在路上，
你变得矫健，
我回归童年。

（《让我们一起走》）

愿我们大家都和孩子手拉手，走在路上。

谢谢大家。

（2008 年 1 月 10 日，在一次会议上的发言）

儿童诗创作札记

一

有位写诗的朋友把我的儿童诗比作“几片薄薄的雪花”。我喜欢这贴切的比喻。是的，它们像雪花儿一样飘洒过，又在不知不觉中融化了。

它们到哪儿去了呢？

我似乎听见，在冬天的树林里，雪花儿在悄悄地说：

盼春天
把我变成水，
流进土地，
流进树根；
变成叶，

爬上枝条；
变成花，
铺满树荫。

我希望我的儿童诗是这样的雪花儿：它融化在孩子们的心灵里，变成真挚的爱、对美的追求和生活的激励。

我希望儿童诗能在感情上给孩子们带来营养，使他们获得心灵的健美，思想的闪光。

儿童诗应该让孩子们从小在美的享受中，不知不觉地接受着教育，犹如雪花儿在不知不觉中融化于土地，变成绚丽的色彩。

二

心灵中的诗人，才是真正的诗人。真正的诗人要在感情上和人民交流。写儿童诗也如此。每一首诗都是和孩子们在感情上的一次交流，从而陶冶他们的情操。

诗人的天赋是爱。诗人要用自己的爱让孩子们懂得爱：爱祖国、爱人民、爱亲人、爱朋友、爱一切美好的事物。从小唤起孩子们心灵上的爱，我们的未来才是光明灿烂的。

爱是生活的一种动力，也是我们为孩子们写诗的一种动力。

三

在孩子的眼睛里，世界是美好的。他爱地上的野花，天上的飞鸟，水里的游鱼，风中的小树……他和它们交谈着希望和理想。

大自然的一切都是和谐的。和谐是爱的一种表现形式。小鹿生活在无边的森林里，它和树是和谐的。于是，在孩子的眼睛里，小鹿——

……像一株飞跑的小树，
高昂着枝枝桠桠的角，
闪进密密的森林里。

一会儿和这棵树，
一会儿和那棵树，
交谈着春天的消息。

爱，也是一种愿望，愿别人因我而生活得更美好。当一个孩子刚刚学会写信，他要“写许多许多的信”——

替雏鸟给妈妈写，
让妈妈快回巢，

天已近黄昏。

替花朵给蜜蜂写，
请快来采蜜，
花已姹紫嫣红。

替大海给小船写，
快去航海吧，
海上风平浪静。

诗人应当让孩子永远保持这种童心，应当告诉孩子永远懂得团结互助，富于同情心。

孩子们的爱也许是微薄的，但它像一颗种子埋在他们的心灵里。诗人去浇灌这颗种子吧，引导孩子们走向生活，走向人们，告诉他们应该怎样热爱这美好的一切！

四

结合孩子们的实际生活，选取可观、可感的、跃动的形象去表现孩子们的内心世界，这是儿童诗的重要课题。

虽然在儿童诗里，我们常常看到人物情节，但儿童诗不是押韵的故事。

如果你打算以情节的曲折来吸引小读者，你何不去写惊险小说呢？

如果你一味地想以韵脚的响亮来吸引小读者，你就有可能丢掉最宝贵的东西。

我认为儿童诗应当以另外的一种特质来吸引小读者，那就是它的抒情性——形象地表现思想感情。

给儿童诗更大的空间来抒情吧；

抒发孩子们天真烂漫的感情；

抒发我们童年时代深深埋在记忆里的感情；

抒发我们对孩子们永远的真挚的爱。

五

我写过粗心的孩子，写过不懂礼貌的孩子，写过爬过墙头偷摘苹果的孩子，也写过助人为乐的孩子。他们虽然不一定就是我自己，但他们却一定是我的思想感情所寄托的形象，正如我的儿童诗里，写了不少花、鸟、鱼、虫、湖水、树林、白云、小草，当然不是我，但它们无一不被我“心灵化”了，或者说是被孩子“心灵化”了。

这是一种“托物言志”的表现手法，是曲折地、饶有情趣地表现作者思想感情的一种艺术手法。

是的，儿童诗常常有叙事文学的成分，但从实质上讲，它仍是抒情的篇什。

六

但，我也喜欢在儿童诗中直接抒发自己的思想感情，那抒情的主人公就是我。

虽然现在我已经不是孩子了，但我曾经是个孩子。

现在我仍常常回忆起我的童年时代。我的一部分儿童诗便是我童年时代的“回声”。

一个作家常常对自己的童年保留着清晰的记忆，一个儿童文学家尤应如此。

童年生活应当像一颗明珠，岁月磨砺得越久，它便越发明亮夺目。

不忘记自己的童年，常常去咀嚼、体味童年时代的欢欣、痛苦、幻想、愿望，你便可以找到一把启开儿童心灵世界的钥匙。于是，你便可以走进众多儿童更为广阔的心灵世界。

不同时代的童年生活是相通的。

七

在儿童诗中，不要只呆板地去摹写孩子们已经做过的事情，还要设想，假如我是一个孩子，我将会怎样做。

想象比摹写更重要。

缺乏想象力，就是缺乏艺术的创造力。

有时候我写得很慢，但有时候我又写得很快。当孩子们的所作所为、思想感情和丰富的想象深深地打动了我的时候，我就写得顺手些。

外界的一切事物：小草、鸟巢、蒲公英、雪人……只有当它们引导我进入孩子们奇幻的、丰富的内心世界时，我才真正获得了写一首儿童诗的基本条件。

儿童诗应该表现儿童所特有的想象。

八

要给感情穿上美丽的衣裳。

儿童诗的美是具体的，它依附于艺术形象之中。正如“红”依附于朝霞、苹果、花朵；“绿”依附于春草、翠柳；“蓝”依附于大海、晴空。儿童诗没有抽象的美。

儿童诗的美是流动的，感情的跳跃，想象的飞翔，情节的迅速发展，都是一种流动的美。儿童不喜欢静止的画面。

儿童诗的美是悦耳的，它用语言传达出生活的音响。有音韵的美、节奏的美。不要忘记还有一种旋律的美。

九

如果你问我:你的儿童诗写给谁看?

答:写给肯于思考的孩子看,也写给还有童心的爸爸、妈妈看。我希望他们都喜欢。

这很难。

但我愿为此而努力。

(原载《朝花》丛刊 1982 年第 8 期)

在幼儿诗园里漫步

一、我为什么给小娃娃写诗

作者的年龄一年比一年大，由青年到中年，又进入老年。无论你的年龄多么大，作为一个儿童文学家，你服务的对象没变，他们是一代又一代的小娃娃。

这件事并不容易做。我却愿意学习着一直坚持做下去。为什么？

因为当我还是一个小娃娃的时候，诗曾经带给我快乐和安慰。“羊、/羊，/跳花墙，/抓把草，/喂你娘，/你娘没在家，/喂你们老哥仨。”当我学会背诵这首童谣时，我曾经编织了多少快乐的故事啊！这首童谣给我展示了一个世界，那个世界里充满了爱。从此，我把我所见到的每一只羊，都看做是那童谣里的主人公。我爱它们，也从它们那里懂得了爱。

诗，是小娃娃们来到这世界上，第一次听到的音乐。从此，他才学会倾听。学会倾听诗歌的小娃娃，才能体会到这世界的丰富多彩。倾听不但用耳朵，还要用心灵，用心灵的耳朵。小娃娃对于诗歌来说，不但敏感，而且善感。就像干旱的土地，你给它灌注泉水，它就敞开胸怀吸收。

我告别了童年，却永远不会告别童年的诗。它们不仅仅给我快乐，还给我安慰。重温那些童年的诗，使我的成人世界染上了一种鹅黄嫩绿的春天的色彩。那些诗，永远带给我一种心灵上的安谧和慰藉。这世界因为有诗，才变得美好；这世界因为有儿童诗，才变得更加美好！

我不是在叫喊美的呓语。只要你细细体味一下诗在你童年的感情世界里，曾荡起多少美丽的涟漪，你就不会忽视诗的潜移默化的作用。

我就是带着这种感受，为小娃娃拿起笔。我希望在他们刚刚学会倾听的时候，就有诗的旋律飞到他们的耳边，一直飞进心灵。

我坚信小娃娃接受的诗越多，他感情的宝库储备的珍宝就越丰富。他一生都是一个最富足的人，因为他能以爱施于人。

我也决不否认，我为小娃娃写每一首诗的时候，不仅仅是给予，也是一种获取，向童心索取快乐。我给予的越多，得到的就越多。我仿佛回到了童年，我可以仔细回味那时候的快乐。我还可以变成我诗中的孩子，或者是那些像孩子一样的花朵、小鹿、天上的白云、河边的小树、房檐上的雨滴、古塔上的风铃……当我变成孩子的时候，我是最快乐的人。

我为小娃娃写每一首诗的时候，我并没有忘记自己，恰恰相反，那每一首诗中，都有一个我自己，只不过这个我，已经“变成一个成年人式的小孩子”（别林斯基《新年礼物》）。

于是，我拿起了笔。

二、我怎样为小娃娃写诗

生活里的感受可以写成各式各样的诗，可以写成给不同年龄阶段的人阅读的诗。但并非所有的感受都能写成儿童诗。

当生活中的感受唤起我童年的记忆的时候，我想写一首儿童诗。那诗是献给童年的我自己，和我童年的小伙伴的。我望着房檐上的雨滴，突然想起我很小很小的时候，就曾经这样饶有兴趣地凝视过，而且那时候我还想过：这是一串一串小铃铛。只是后来，这一切都被我淡忘了。现在我如此清晰地忆起了这一切：“沙沙响，沙沙响，春雨洒在房檐上，房檐上，挂水珠，好像一串一串小铃铛！"这样的句子，与其说是现在写的，不如说是深埋在童年记忆里的那颗种子，被今天的春雨浇灌得发了芽。我还要让它开出花来，变成一首真正的小诗。于是，我沿着童年的记忆，唱出那首没有唱完的歌：

丁零当啷，
丁零当啷，
它在招呼小燕子，
快快回来盖新房。

（《雨铃铛》）

啊，童年的记忆，你是诗的宝库。那把锁没有生锈，我常常启开童年记忆的宝库，从那里拾取诗的闪光的珍珠。现实生活的感受，可以使我想起童年时代的诗的胚胎，只是那时候，我还不具备写诗的能力。但现在孕育成熟了，现实生活帮助我完成了催生的工作。

有时候，还有这种情况，孩子的纯真、赤诚，以至于他们的稚气，深深地感动了我。我从他们身上发现了我追求的东西。我愿意以一种新的方式回报他们。于是，我想写一首诗。雪天，大雪覆盖了树上的鸟巢，孩子关切地问妈妈："小鸟怎么办？"孩子的同情心感动了我，我愿意为他写一首诗。我变成了那个孩子，在一个大雪天，我循着他的思路思考，我相信他一定会这样歌唱："大雪飘飘落，飘飘落，/你不要盖住小鸟的窝；/你要盖住了小鸟的窝呀，/小鸟冻得发抖了，/它就不能再唱歌。//大雪飘飘落，飘飘落，/雪花盖住了小鸟的窝。/我请小鸟快快地飞呀，/飞进我温暖的家，/和我一起来唱歌。"(《雪天的小鸟》)

当然，还有一种情况更是常见的，比如，我看见一个大孩子扶起了摔倒的小弟弟，得到警察叔叔的夸奖；我还看见一个孩子拾到一分钱币，在交给老师前，先擦掉上面的泥土。这些零散的见闻感动了我，很想写首诗，但我又不明确要表现什么思想。我在苦苦地思索，一天、两天，十天半月过去了，我仍不知道要表现什么思想。忽然，有一天，我发现了硬币上有我们的国徽图案。我好像第一次发现，我找到了要表现的思想，这就是热爱祖国。用实际行动来做祖国的好孩子。国徽的图案启示了我，每一个细节都要围绕着国徽来写。诗的聚光点找到了，写起来就容易多了。于是，我写下了《国徽》这首短诗："我走在大街上，/我扶起一个摔倒的小弟弟；/我看见警察叔叔甜甜的微笑，/把他帽子上的国徽映得更美丽。//我拾到一分钱币，/去交给老师，/我要先擦掉它上面的污泥，/让钱币上的国徽像一颗星，/闪亮在我温暖的手心里。//我每天走过天安门，/我看见：/我们的国徽和太阳在一起，/照耀着我，也照耀着/

祖国开花的土地。”这首诗的写作使我高兴的是，我从散乱的现象中找到了一根串连的线，没有这根线是写不出这首诗的。也许我永远也说不清楚我是如何找到这根线的。也许它本来就很简单，你观察着，思考着，然后又发现了新的东西，它们互相渗透、互相补充，然后形成了一个完整的、集中的形象。于是，就写成了诗。这一切都是围绕着孩子进行的，所以写出来的诗自然也属于孩子。

给娃娃写诗要比给成人写诗难，因为你不能直接地把思想感情写出来，你要以孩子能接受的方式写出他们能接受的内容。我觉得为孩子（尤其是幼儿）写作的人，要具备一种天赋，一颗深情的、温和的、天真的心灵。他很容易发现孩子身上美好的、新奇的东西，那时候，他不知不觉地就变成了一个孩子。他还要具备孩子式的生动的想象力，并且学会用光彩夺目的形象来表现。

小娃娃的诗是快乐的诗，即使写悲哀的事情也是含泪的微笑。为小娃娃写诗也是一件快乐的事，因为作者可以重新体验孩子的感情，享受“返老还童”的幸福。

小娃娃的诗是诉诸听觉而后印刻在心灵上的歌。要想让孩子记住你的诗，切不要在诗中说教和训诫。孩子是天生快乐的、活泼的，他们也喜欢快乐、活泼的诗。不要说教，不等于不要教育。只是作者要善于把教育隐藏起来，隐藏在形象的后面。这大概是为孩子写作的人应当具备的本领。

三、我愿意给小娃娃写这样的诗

我曾经说过，儿童诗是教育儿童的诗。怎样发挥教育的功能，这是写诗的人经常考虑的。说实在的，我并不是在写每一首诗的时候，都事先明确了它的教育主题。常常是外界事物打动了我的感情，使我产生写作的欲望；至于教育意义，有时是在写作过程中逐步明确的。这毫不奇怪，因为诗是感情的产物，有时理性是要暂时让让路的。

我曾为幼儿写过一首小诗《小草花》："当春姐姐/把雪的被子揭开，/小小的草花，/就唱起来，跳起来；/无边的山野，/是它们的舞台。"说真的，这是我面对春天的山野，面对着繁花密草，在一种极度欣喜的感受中顺口溜出来的。写到纸上时，好像改动不大。像这样的小诗，如果你问我表现了什么宏论大旨，我实在说不出。

我认为，给幼儿写诗，重要的是培养他们对于诗歌的感受能力。别林斯基这样写道："应当竭力使孩子们尽量少领悟一些，但要多感受一些。"要通过诗歌，让幼儿尽早地感受语言的和谐韵律，学会感受美。这是重要的第一步。

感受实际上是一种感情上的熏陶。诗歌以它单纯短小的篇幅，韵律和谐的形式，很容易像音乐一样直接作用于幼小的心灵。在感情上打动过孩子的东西，他们是历久不忘的。

当我给小娃娃写一首诗的时候，尽管也很想写上几句教育之类的话，使诗的教育意义要“明朗”一些，甚至来个“篇末点题”，但最后，我还是把它们“割爱”了。因为我想，还是让诗多多作用于感情，少作用于理智吧！我更愿意隐藏在我的诗的后面，让诗中的形象、色彩和声音留给他们强烈的印象。能做到这些，我就算尽到了心意，达到了目的。至于诗中所含的教育意义，不必要求他们像学习语文课文那样用简洁的语言立刻总结出来，可以等待他们慢慢地体会和回答。

因此，我每写一首诗，常常这样想：这首小诗能打动小娃娃的感情吗？他们有从诗中得到快乐、感受到美吗？

写作之余，我还常常这样沉思，对于幼儿来说，诗歌在他们的精神生活之中应处于什么位置？我觉得，诗歌应当成为优先发展幼儿感情的艺术，使他们从小在诗的熏陶中，获得一颗博爱的、温和的心灵，善于感受生活的丰富和诗意。

我像拉着小娃娃的手学步那样，和他们一起在诗园里散步，很久很久，常常乐而忘返。

（1987年“六一”儿童节前夕于北京，原载《小朋友·笔谈会》1987年第9期）

我怎样写儿歌

我小时候，最早接触的文学，就是儿歌。我至今保存着一本1934年出版的《诗歌季刊》，那上面刊登着《河北童谣一束》。我记得很清楚，妈妈劳累了一天以后，就在昏黄的灯光下给我念儿歌。我至今还能背得出这样两首，其一是：

秋风起，天气变，
一个针，一条线，
急得俺娘一头汗。
“娘哎娘，这么忙？”
“我给我儿做衣裳。”
“娘受累，不要紧，
等儿长大多孝顺。”

其二是：

腊七腊八，
冻死叫花。
有米的腊八腊八嘴，
没米的拉扒拉扒腿。

第一首让我感受到了亲情，第二首让我感受到了穷人的饥寒交迫。它们对我情感上的震动，可说是让我终身体认。毫不夸张地说，这简单的民间童谣，就像诗的种子埋在了我的心里，经过若干年的孕育，它长成了一棵诗的大树。我是在那棵大树的庇护下长大的。我从每片叶子上都能读到诗，诗的大树还结出了诗的果实。对于我来说，那就是我最早发表的一批儿歌。

我对儿歌情有独钟，它让我感受到了韵律、亲情、幽默、快乐。

我对儿歌，犹如面对一座文学宝库。我得承认，它值得我永远采掘。我认为，要想写好儿歌，必须具备民间童谣的功底，要熟读一二百首，要争取背诵四五十首。（这是一个保守的数字。）还要对民间童谣做一点研究工作。从选材、结构，到句式、韵律，都有很值得借鉴的地方。所谓“儿歌味”，要到民间童谣中去品味。

我曾经收集编选了一本《中国传统童谣选》，按题材分为“动物篇”“幽默篇”“知识篇”“语言篇”“生活篇”“游戏篇”“忆旧篇”等七辑。在表现手法上，拟人、夸张、起兴、问答、顶针、排比、比喻、重叠复沓……多种多样。长歌短章，随韵粘合，击节可唱，好像不假思索，自然天成，其实包含着许多技巧。我写儿歌，从中获益匪浅。

我们创作儿歌，是为了今天的孩子，所以一定要照顾到他们的欣赏趣味。可以借鉴民间童谣中的技巧和形式，表现新内容，所谓“旧瓶装新酒”。形式和技巧很重要，它可以让新的内容得以流传。

儿歌是通俗文学。民间童谣“极浅、极明、极俚、极俗”，但却受到一些文人雅士的青睐，这就是雅俗共赏。好儿歌应当雅俗共赏。

我在开始创作儿歌时，只是从外在的押韵、节奏上注意模仿，例如三言、五言、七言等形式，认为只要在节奏上、押韵上注意了，就是儿歌了。这其实是只学了皮毛，还没学到它的精髓。

我慢慢揣摩着，民间传统童谣最大的特点就在于：率真浑成，意到口随，纯乎天籁，自然合节。古人形容童谣“有如风行水面，自成涟漪；花临风前，翩然起舞”，我想这应当是我们创作儿歌要达到的境界。

我一开始写儿歌，就避免给儿歌过重的题材负荷，儿歌就是儿歌，应当贴近幼儿生活、幼儿情趣。有一些表面看来“没什么意思”的儿歌，如果从内容上要求，可能没有明确的教育思想和主题，但它让幼儿乐闻易晓，获得快乐，我看这也是儿歌的一种功能。

化复杂为单纯，化严肃为谐趣，化高雅为俚俗，这是我为自己写儿歌制定的三条理念。越到后来，我越意识到对自己提出这些要求是正确的，因为这样做，才有可能把儿歌推向孩子中间。

当然，我也做过另一种实验：把童诗与童谣结合起来，借鉴童谣的形式，以童诗的构思，写出意境来，让幼儿在唱诵中，不但合节押韵，还能体会到“诗美”。

我一直认为，儿歌比童诗难写。

我还认为，儿歌是讲究格律的。

走进自己的歌声

——谈谈我的儿童歌词创作

渴望向一切倾诉
又似乎什么也不必说
心中有千言万语
都化作了那首歌

——摘自旧作

一 寻求一种音乐感觉

歌词创作是一种从始至终处于音乐感觉之中的思维活动。缺乏这种感觉便成了一般的文学创作。这是我进行歌词创作的切身体验。可惜的是，这种体验我寻找了很久，而且并非常常能获得。

记得我上小学的时候，就在作文课上写过诗，还受到过老师的表扬。老师亲自用毛笔为我誊写清楚，还张贴在街边的墙报上。我把这看作是第一次“发表作品”。

上了中学还喜欢写诗。我的诗在全校的晚会上朗诵过。我体验到诗变成声音的效应。但它只是被朗诵而不是被歌唱。

那时候，我一直没想到过写歌词。这是因为在客观上缺少那样的契机。

1955 年，我因病休学，一个偶然的机会，我结识了正在学习作曲的尚疾，为了他的作曲练习，我开始应邀为他写词。

我觉得写词很难。有许多奇思妙想写不进去。即使写出来，也常常被删繁就简，在文字上所剩无几。

写歌词，永远被一种无形的绳索束缚着。

最重要的是我还缺乏一种音乐的感觉，我还不是在歌唱的状态中写作，而是在沉默中写作。我只感觉到了某种束缚，却还没找到浮游于音乐之流中的那种轻松自如。

我想起我童年时代诵唱过的民间童谣，它们又在我早已沉寂的记忆中复苏。

水牛儿，
水牛儿，

先出犄角后出头；
你爹、你妈，
给你带来的烧羊肉……

我开始一首一首地从记忆中打捞这些民间童谣。

我体验到一种音乐的感觉，带着成年人的艺术追求，而不是儿童游戏的方式，去努力体验这种感觉。

我觉得自己漂游在一条音乐的河流上，思维也为之畅通了。思想感情，形象，语言，如同鱼儿从峡谷之中浮游出来，如同飘落的花瓣随着春水漂浮出来。

没有这种音乐的流动，你的歌词创作思维便不会畅通。你必须伴随着这种感觉，让自己的语言流淌出来，这才是真正的歌词创作。

我带着这种新的音乐感觉，仔细地体味记忆中的童谣以及自己创作的儿童歌词，体味它们的韵味、节奏和结构形式。

我开始了真正的歌词创作。我写出了早期的一批儿童歌词，其中有《小红花》（尚疾作曲）。

我之所以从创作儿童歌词开始，而且三十年来乐此不疲，这大约是因为我从民间童谣中，重温了童年的快乐，获得了音乐感觉。于是，我就带着这种孩子所特有的快乐心情和音乐的感觉写下去了。

我不是作曲家，也没学过作曲。但是，我体会到，必须默默地歌唱着去构思、去提炼，以至于字斟句酌地去推敲歌词的语言。

没有这种“默默地歌唱”方式，便没有音乐的感觉，也没有真正的歌词创作。

二　又熟悉　又陌生

写了词，谱了曲，在报刊上发表了，当然是一件快乐的事。但是，作为歌词创作，还远远没有终结，它还缺乏最关键的环节——演唱。只有当人们演唱了、传播了，歌曲变成了飞动的声音，那才叫人惊喜。

惊喜于自己沉默的歌词获得了一种鸣响的生命，那种源于人的生命、人的声音，又比自然形态的生命和声音更壮丽、更优美的存在形式。应当说，歌词一经谱曲演唱，便发生了质的飞跃。让你感到又熟悉，又陌生。

《小红花》发表于《儿童音乐》1959 年第 5 期。发表不久即流传开来，以后又被选入小学的音乐教材，成为保留曲目，传至今日。这也许是我与尚疾合作最早、流传最广的一首儿童歌曲。尽管我们以后又陆续合作了二三十首儿童歌曲，但没有一首如此流传。

稍后，大约在 1959 年底，我又写了一首题为《勤俭是咱们的传家宝》的歌词。歌词被打印出来分发给作曲家。这首歌词被作曲家刘兆江选中，谱了曲。

记得这首歌曲最早发表在《人民日报》上。一经发表便流传全国，不但成年人唱，少年儿童也唱，还被收进了小学的音乐教材，成了一首“老少咸宜”的歌曲。

其实，现在想起来，当初在写这首词的时候，绝没预料到它能流传这么久远。当作曲家谱了曲，群众演唱了，我感到的只是那种又熟悉、又陌生的惊喜。

这种惊喜或许可以被看做是由于我感到意外，没想到一首词被谱了曲、被群众演唱了，会产生那么强烈的社会效应。

一首歌词写出来了，但作为一首歌曲，它还远远地没有完成，它只是最先提出了一个文学的形象、一个文学的主题，真正地用音乐的形式完成这个形象和主题，还有赖于音乐家的音乐创作和群众或演员的演唱。

常常有这种情况，当我完成了一首歌词的创作，我并不满意，甚至觉得它是一首平庸之作。但是，谱了曲以后，就像一块粗糙的石头经过作曲家用音乐加以重新表现而大放异彩。即使我写出了《勤俭是咱们的传家宝》这首流传久远的歌词时，我仍有这种感觉。“歌词是素描，音乐给它着上了色彩”。当然，重要的是歌词是一幅真正的“素描”。

回想我写作《勤俭是咱们的传家宝》的时候，正是那个时代的气氛感染了我。当时，全国上下发愤图强，勤俭建国的热潮，人民群众朴实无华的语言，都恰如其分地表现了那个时代的风貌，我只需将群众的语言稍加提炼，稍加组合，就成了一首易于群众接受的歌词了。

也许正是基于上述情况，它也极易引起作曲家的共鸣，他以歌词为契机，进而便可以沿着歌词所提供的形象、节奏、韵律，流淌出相应的曲调来。我没和作曲家交谈过他谱写这首歌词的经过。但是，从我听到这首歌词被“唱”出来的那一刹那，我就认定它既是我写的，又不完全是我写的，我又熟悉、又陌生，是因为它已被“着上了色彩”。那首歌词已不再是浮在纸面上的文字形态，而变成了声音的形态飞翔了起来，从而真正地完成了它的艺术生命。

我们常说，一个时代有一个时代的歌。《勤俭是咱们的传家宝》是那个时代群众的心声，我们和作曲家都由于倾听了他们的心声，才创作出了这首歌曲。

已经很久很久没听到人们演唱这首歌了，难道时间也会使它变得又熟悉又陌生吗？

三　儿童精神生命的回归

为儿童写作，大体基于三种动机：第一，为了儿童的健康成长；第二，对于自己童年的怀恋；第三，借儿童文艺的形式，曲折地表现自己。这三种情况，对于不同的作家有不同的侧重，有时三者集于一身，构成了创作上的总体动机。

我从创作歌词一开始，就与儿童歌词结下了不解之缘。我似乎是天然地、直觉地感受到只要我进入到这片儿童的艺术领域，我就可以从精神上回复到儿童的本体中去。我感受到的是儿童精神世界的天真无邪，纯洁美丽。我觉得沉浸在儿童的想象中是人生最惬意的享受。能观察、参与以至于回忆自己的童年生活，是最温馨的生活。为孩子写作带给我无限的快乐。

也许我在 1962 年写作《在老师身边》这首歌词时，最能说明我的全部身心是如何融合在儿童世界中的。

我认为在儿童歌词中有一个常写常新的主题，就是爱祖国，爱人民，爱亲人，爱老师，爱朋友，爱大自然，等等，其中爱老师是我一直感兴趣的题材。

我写《在老师身边》的时候，正是我在学校任教不久。教师工作常使我回忆起童年时代的老师，我对他们总有一种依恋之情。我仍记得他们当年的音容笑貌。我也希望自己的这种感受能被今天的孩子所体验。

但是，这毕竟是为今天的孩子写作，所以要写出今天孩子的思想感情：

虽然离开了妈妈的怀抱，
红领巾却抱着我们的双肩……

母亲的怀抱诚然温暖，但老师为他们佩戴上红领巾，那是引导他们走上光辉的人生旅程啊！

当我第一次在广播里听到教唱这首歌曲时，我觉得那曲调正是写词时曾依稀听到的。

后来，我不止一次地在音乐会上，在课堂上，甚至在街上，听到孩子们演唱这首歌。

这首歌很快被编入了小学音乐教材。

有的学校“抓师生关系的时候，曾经让学生大唱这支歌，并列为学校毕业典礼的结束曲”。

但是，到了 1964 年底，有不少歌都受到批评，其中也有这首《在老师身边》。批评者说：“这首歌宣扬的资产阶级智育第一的观点”；还说：“这首歌词用‘谈生活，谈理想’、‘谈无限美好的明天’，代替了阶级教育、革命教育、劳动教育等等”；又说：“这首歌词，从头到尾找不到‘党’的字样，在短短的三段中，歌颂老师却有七八处之多”。有的干脆说，这首歌词宣扬了“资产阶级‘母爱’思想”。

自然，没过多久，这首歌曲就在孩子中间消失了。

但是，在我的心目中，在师生之间仍有一片纯真的天地。我所抒发的是我儿童时代就根植于心中的对老师的爱。我在歌词中，真诚地表达了这种感情。

老师爱我们，我们也爱老师。

曾经有过那样的岁月，老师受到过不公平的待遇。

即使在那个时候，那首歌仍在我心中回响着。我童年的全部精神生命又得到了回归。我倾听那首歌，就像倾听自己的心声。

岁月流逝，进入了 20 世纪 70 年代的尾声，人们开始洗刷泼在教师脸上的污水，人们又想起了这首歌。

饶有喜剧意味的是在十七八年之后，我首先从相声演员的相声表演中听到了这首歌。演员借这首歌回忆起他们童年时代对老师的爱。

又过了一年多，到了 1980 年，《在老师身边》获得了“全国第二次少年儿童文艺创作评奖”一等奖。

我们爱孩子，孩子需要我们指导他们从小学会爱。

四　音乐记忆中的积淀

在我的歌词创作生涯中，尽管有的歌流传很广，有的歌深深地扎根于儿童的心中，但我一直是一个业余作者，我从没有把歌词创作当成自己的专业。我一直不能预料自己写出的歌词能否飞得起来。

但无论如何，我总算已步入了歌词创作的行列，并且有志于写出更多更好的歌词。

1966 年春天，我被借调到一个音乐团体，随同李焕之、李群等词曲作家去广东农村深入生活，准备创作一些反映农村新面貌的声乐作品。

在此之前，我的歌词大部分是没有特定的曲作者的，常常是把词写出来以后，先在歌词刊物上发表，由众多的曲作者挑选，入选者经谱曲才算正式发表。

这次随同作曲家来到广东，是带着明确的创作任务，并且有特定的音乐合作者一起开展创作活动的。

应该说，我还很不适应这种创作方式，对广东农村也很陌生，很不习惯。看到什么都觉得新鲜，但在头脑里又形不成作品的雏形。又有作曲家在一起，总有一种等米下锅的紧迫感。

在那段日子里，我们从广州出发，东到潮、汕，西到湛江，参观访问，开座谈会，听民间音乐，下过农田，上过渔船。最后，选定了村子住了下来。

白天，我们分散到群众中去劳动；晚上，碰头谈体会。有时，利用晚上的时间教唱歌，给下乡的知青讲课。

在那段时间，我也写了几首反映农村生活的歌词，但没有一首是我满意的。

那段生活的收获不在于写了几首歌词，而在于认识到一个作家对待群众、对待生活应有的甘当小学生的态度。

记得有好几次，傍晚收工以后，我们各自从劳动的场地回来，我见到李焕之、李群满脸灰尘，洗把脸，吃过饭，又去讲课或教歌了。我发现，虽然我们都来自城市，但一到群众之中，他们就如鱼得水，显得格外活跃，格外精神。我开始理解到，他们为什么能写出那么多与生活、与群众贴近的歌曲了。

然而正当我们拟定创作组歌的提纲时，我们奉命北上，要我们赶回北京参加运动。我们的创作随即停止。

在那疾风暴雨的岁月，无论遇到怎样的波折，在我的脑海里，总是浮现出我们在广东农村生活的情景，那里的水田、蚕房、街树……

还有新会的那一片榕树林和林中的小鸟天堂……

即使是在大批判声中，在口号声中，我的耳边老是回响着榕树林中的鸟声，那是春天、和平、安宁的象征。我怀念那片土地：

在南方，有一棵榕树，
都说它是小鸟的天堂；
微风吹拂着绿叶，
绿叶里闪动着白鹭的翅膀……

我在心中一遍遍默念着这开头的几句。

转眼到了 1984 年，“爱鸟周”活动需要这个题材的歌曲。我积淀在感情中的那首歌词汩汩地流淌了出来：

在那里，听不到枪声，
每天只有小鸟的歌唱；

朝霞染亮了鸟儿的翅膀，

月光下，小鸟的睡梦也安详。

在那动乱的年月，我是多么渴望这安详的睡梦啊！新的生活开始了，新的生活带来新的希望：

我希望到处都有绿树，

到处都有小鸟的天堂。

我们创造永恒的春天，

让生活充满鸟语花香。

我自然是把这首歌词交给十八年前想合作而没能合作成的李焕之、李群。

他们和我一样，怀着对广东那片富饶土地的深情回忆谱写了这首歌词。

他们用南方所特有的柔美曲调，为这首歌词着上了翠绿的春天色彩。

深藏在心底的十八年前的一只雏鸟，如今羽毛丰满地展翅起飞了。

五　海一样的情怀

从1966年开始，有十多年没怎么写词。到了1978

年，中国音协《歌曲》编辑部组织一批儿童词曲作家去青岛参加夏令营活动。

我又看见了大海。我在少年时代也曾涂鸦式地写过一些关于海的诗。但都幼稚可笑，后来索性烧掉了。

这次和孩子们在一起同坐在军舰上出海，不仅感受到孩子们的欢乐，也唤起了我童年住在海边的记忆。

尤其难得的是这次深入生活又遇到了我亲密的合作者，如张文纲、宋军、王玉田等老作曲家。我们分别十多年之后的相逢，又是再次为孩子们写作，自然分外高兴，分外亲切。

我们的合作非常轻松，没人出题目，没人定数量，只是一心一意地和孩子们在一起，和他们交谈，了解他们喜欢哪些歌，希望创作什么样的歌。我们的交谈是在夏令营的林中空地上，或是在波涛汹涌的大海上。

我们一起欢呼海鸥尾随着我们的航船，也静静地目送白帆远去。

还有与作曲家合作的友情，带给我许多温暖和激励。

作曲家宋军是我上大学时结识的一位老编辑，也是第一个向我约稿并合作多年的朋友。他一生坎坷，1964年从北京回到广东故乡，1966 年春天，我和他在广东农村匆匆见过一面，一别又是十几年。他老了许多，但童心不泯，为孩子写歌的志向不变。那一次，我们合作了

《海鸥》这首歌，这是我们合作的众多歌曲中流传较广的一首。

我与王玉田早在 1958 年就相识了，他一直在中学任教，笔耕不辍。几十年来，他一直患有严重的心脏病。这次他坚持和我们一起来到青岛。他不能下海游泳，就坐在海滩上为我们看管衣服。那一次，我们合作了《白帆》，十多年来这首歌一直传唱不衰。

与张文纲早在 20 世纪 60 年代初就合作过，但交往不多。这次在夏令营重逢，彼此熟识了。从这之后，我们多次合作，像《夏令营的小路》《一棵树，又一棵树》等。

这些为孩子们写作的人都有海一样的情怀，蕴涵着博大的爱。我们面对的是孩子的世界，面对着未来的世纪。

每当我听到孩子们歌唱《海鸥》《白帆》和《夏令营的小路》等歌曲时，不但激发起我对孩子们的爱，也使我对这些以毕生精力为孩子们写作的作曲家产生崇敬的感情。

现在，张文纲、王玉田已先后于 1990 年、1991 年去世。他们与我合作的那些歌曲，是我对他们最好的纪念。孩子们唱他们谱写的那些歌，是对他们最深情的怀念。

宋军还健在，他已七十高龄，多年居住在广东的一个小镇上，不计名利，不计甘苦，潜心为儿童写作。

对孩子们共同的爱是我们友谊的基础。我们的友谊又促进了我们更好地为孩子们写作。

我通过和众多的儿童歌曲作家的交往，体会到我们这些人有一个共同特点，这就是：

无论多么年长，对生活不失赤子之心；

无论多么坎坷，对未来永远充满希望。

六　愿生命在歌声中飞翔

在我从事歌词创作的三十多年中，我始终觉得歌词是很难写的，从比较中，我体会到歌词比诗要受到更多的音乐制约。它还必须具备作曲、演唱、传播等诸多条件。毋庸讳言，还有机遇。

我在这不算短的时间里，对歌词创作一直处于把握不大、信心不足、不即不离的状态。我不敢，或者说没条件把自己的艺术生命只维系在歌词创作这条独船上。因此，我还为孩子们写了诗、散文和童话。

虽然如此，但我的母校——北京师范学校、中国音协和北京音协给我以厚爱，在 1984 年 11 月举办了我的歌词作品音乐会。在当时，为词作家举办音乐会尚不多见。

那一天，音乐界的许多领导，我的合作者，歌词界的朋友，我的同事和学生光临了音乐会。著名作曲家、音乐理论家李焕之在演出前讲了许多鼓励的话。我记得他在谈到我的歌词的艺术风格时，是这样概括的："清新，抒情，有诗意。"

我当然会清醒地认识到，这讲话中，不但有理解、有情谊，更多的是激励和鞭策。

我作为一个普通的观众，坐在台下倾听演唱我写的歌词。

我的身边坐着施光南。他也在专注地倾听着。在这次音乐会上，演唱了我俩合作的《把心贴着祖国》和《盼月圆》。他对音乐艺术那种执著的追求，通过多次合作，我是深深地体会到了。我真想问问他，此刻当他听到演唱自己的作品时，他在想什么呢？

我没有问他。但是，我在思索着，此刻我听到的不再是我创作的最初形态的歌词了，它已消失，融进了音乐，而变成了一种新的艺术形态——歌曲。这歌曲既属于我，又不完全属于我。

歌词属于一种与音乐融合的艺术。这并不能说明歌词的低级，而正是它的特点。"简练是技巧的姐妹"，歌词不但要简练，而且在简练中蕴藏着丰富的音乐。这音乐就藏在一首歌词整体的内涵之中，藏在鲜明的情调之中，藏在句式的节奏之中，语言的韵律之中。

我一面倾听着演唱我的歌词，一面品评着我这些年写的歌词又有多少符合这些要求呢？在我的歌词中，蕴藏着多少音乐的宝藏可供作曲家开掘呢?

我还在思考着,一个选择了歌词创作的人,音乐应当成为他生活的一种方式。他不仅能敏锐地发现生活中可以歌唱的内容,而且赋予这内容以歌唱的形式。

一个选择了为儿童创作歌词的人,不但要具备上述的条件,还要善于用儿童的心灵去感受这个世界,用儿童的眼睛去观察这个世界,用儿童的耳朵去倾听这个世界。

在那天的音乐会上,还演唱了一组我的儿童歌词。这些歌词的写作时间,跨度近三十年。听着孩子们的演唱,我觉得我又回到了青年时代,还像一个50年代的大学生,不失孩子气,不失孩子的天真气,永远保留着对儿童生活的一种新鲜有趣的兴致。我始终感到为孩子们写作是我最丰富的精神生活。

我坐在那里倾听着孩子们演唱我为他们写的歌词,我感觉到我的生命就在这些歌声中飞翔。我在心中默念着:

请走进我的歌声,
音乐的世界美丽又真诚;
在冬季,它像春天的微风,
在夜晚,它像闪烁的繁星。

五年后的 1989 年，我完成了这首歌词。我把它给了作曲家张文纲，这是他与我合作的最后一首儿童歌曲。

每一个为孩子写歌的人，他的生命就在他们的歌声中飞翔。

尾　声

在我即将结束这篇文章时，我想起了三件事：

1984 年冬天，从遥远的云南，来了一位年轻的歌词作者，他来北京看我，很久也没找到我的家。正巧他遇到两位大学生，向她们问路。她们不认识我，也没听说过我的名字。但是，当这位年轻的朋友向她们谈起我曾经写过一首《在老师身边》的歌曲时，由于她们小时候唱过这首歌，就使她们和这位外地人变得亲近起来。就这样，他们一边交谈着这首歌，一边帮助这位远方的客人找到了我的家。那天，我接待的不只是一位客人，而是三位。

1989 年秋天，有位青年朋友给我送来一张报纸，报上摘登了几封读者来信，都是要求重新发表《勤俭是咱们的传家宝》的。几位读者在来信中这样写道："这首歌在当年曾激励我们战胜困难，起过积极的作用。全国上下形成了一个以勤俭节约为荣，以浪费为耻的社会风气。”还有的读者这样写道：“这首歌唱出了中华民族的传统美德。”另一位读者写道：“让我们在这嘹亮歌声的激励下，使艰苦奋斗的精神发扬光大，脚踏实地地建设社会主义现代化。”（见1989年10月7日《工人日报》）在这一天的报上同时重新刊登了这首歌。

1991年6月，我得到国家新闻出版署的通知，由于我的儿童诗创作，我被提名为“IBBY”（国际少年儿童图书联盟）1992年国际安徒生儿童文学奖的候选人。

上述三件事，第一件事使我感到温暖。我的儿童歌词把我和孩子们（或者说从前曾是孩子）亲密地联系在一起。记忆中的歌声像是一位向导，无论过多久，都可以把他们带到我的身边。

第二件事使我受到鼓舞。这鼓舞因为来自广大群众，给予我的精神力量是无法比拟的，这该是最高的奖赏吧！

至于第三件事，我会高兴地说一声：谢谢，孩子们！是你们激发了我的创作热情。但我还要补充一句：我不会忘记我第一次发表的作品，是一首儿童歌词啊！

（原载《金波诗词歌曲集》，人民教育出版社1993年版）